中俄文学互译出版项目
俄罗斯文库

一个欧洲人的悖论

Парадокс о европейце

［俄］尼古拉·克里蒙托维奇 / 著
Николай Климонтович

陈 方　胡 颖 / 译

中国人民大学出版社
·北京·

目　录

第一部

我有一次说起过，某天我做了一个梦。我看见了在我出生前十二年被枪决的外祖父。

在一个很远的热带岛屿沙滩上，我刚喝完半杯当地的朗姆酒，就看见了他。外祖父踩着沙子阔步向我走来。他穿一条打lawn-tennis[1]专用的宽松白裤，一件白色坎肩，还有一双用牙粉擦得洁白如新的帆布鞋。他斑白的胡须被打理得很好，就是切尔卡索夫[2]演堂吉诃德时的那种扮相。他很高，很瘦。当时我甚至能看清扣住他腰带的那颗被岁月磨得扁平的黄色纽扣。四分之三个世纪已然逝去，纽扣怎能不变黄呢？

约瑟夫正好是在网球场的出口被拘捕的，或许他们是想趁他不在的时候搜查他的家，他就是穿着这一袭白裤，在卢比扬卡[3]某个低等囚房里度过了等待行刑的三年。我想，他之所以得以存活三年之久，是因为他们为了某些目的而把他当作活

---

　　[1]　英文，指草地网球。书中凡此类注码的脚注，均为译者所加。
　　[2]　尼古拉·切尔卡索夫（1903—1966），苏联著名演员。
　　[3]　苏联情报机构（契卡、内务部人民委员会、克格勃）以及现今俄罗斯联邦安全局所在地。

字典来利用①。他的女儿，也就是我的母亲，趁着囚房里极其短暂的一丝喘息期，在卢比扬卡得到了拿走约瑟夫的档案一小时的机会。返还文件的时候，她问面色绯红的年轻侦查员："他挨过打吗?""这种人打也没用。"那人回答道。

　　我自己不太长的坐牢经验表明，在牢房里囚犯的心情会轮番变换，从忧愁、沮丧、淡漠到准备好顽强抵抗的痛快，而有时候意气风发又会被不合时宜的愉快所取代。也就是说，囚犯得在这些日复一日轮换包围他们的情绪的强烈起伏中煎熬度日。

　　我坐在被挤得水泄不通的牢房里，所有混混儿在大通铺上都没地方睡。这批囚犯当时都因为上头颁布的相关指令的月份而被叫作十二月犯人[1]。在你挤到其他脏兮兮的燥热身子中间去之前，你得像直升机飞行员一样，在冷冰冰的混凝土地板上的折叠木床上蜷缩一段时间。晚上你要自己把床带来，起床号响了之后再把它挪到监狱走廊尽头堆起来。

　　我的外公——他叫约瑟夫·M——在还没收到妻子尼娜，也就是我外婆转送的物品的头三个月里，都一个人住在一间双人囚房里。那一年，根据粮食人民委员会的资料来看，米高扬

----

　　① 据约瑟夫的妻子所证，约瑟夫精通几乎所有的欧洲语言，其中还包括斯拉夫语族的塞尔维亚-克罗地亚语、波兰语、乌克兰语和俄语。这在他那一代的知识分子中并不鲜见，他们都能轻松掌握各种新语言。有一件事流传甚广，克鲁泡特金公爵准备去瑞典旅行时，在临行前一个月错把瑞典语学成了挪威语，他因此说得了一口非常地道的挪威语。

　　[1] 指因轻微流氓行为被判罪的人，源于1973年12月苏联最高苏维埃主席团通过的《关于加强惩治轻微流氓行为》的决议。

肉联厂的部门产出了一千六百种肉制品，包括香肠和小灌肠，人民生活也安乐起来。九月中旬，囚房里已有寒意，侦查员准许约瑟夫把卷在邻床的那条被子也拿过来盖上。被子是用很软的厚绒布做的，但这种感觉稍纵即逝，被子破旧，磨损了，一团一团硌得人生疼。好在尼娜寄来的两个包裹成了救命稻草，第一个包裹里装着几双厚厚的农村大毛袜。

因为嗅觉敏锐，他在最开始的那些天里一直苦于刷完便桶回来的狱卒身上的氯水气味，被匆匆忙忙消毒过的监狱便桶也总是一股尿骚味。从没在解剖室做过正经实验的约瑟夫，对这种气味实在是难以消受，连太平间的气味都比监狱里的好闻。一开始他根本吃不下东西，何况被囚犯们称作斯大林大麦粥的监狱粥实在是让人难以下咽。但后来他还是习惯了。

头两次审问结束以后，侦查员允许他收下从家里带来的唯一一本书——供外国人阅读的英文版 *Holy Bible* [1]。约瑟夫是个无神论者，只是在意大利度过的童年末尾时期，还有后来在敖德萨待过一年的耶稣会教徒封闭式学校中被强制性地读过《圣经》，但他还是为这次法外开恩感到高兴。

白天囚房里总回荡着不甚清晰的嘈杂声，或许这就是监狱生活的声音。人员众多的监狱压根不是死人屋，这里的一切都是日常喧闹生活的模样：有东西会叮当作响，或者轰的一声掉落，有人放声叫喊，有人号啕大哭，有人唱着歌儿，押解员叫

[1] 英文，意为"《圣经》"。

骂着，新的大囚房和单人牢房里的设备在运作着，传来刺耳的锯声和锤子的撞击声。有人拿铝钵撞击墙壁，壁身嗡嗡作响；有人拖着沉甸甸的牛奶桶给囚房分发食物，桶子擦过走廊的石地板，发出刺耳的尖锐声音……这些日常喧嚷生活的余音甚至从这里渗透进了卢比扬卡的地底。

深夜里发出低低吟唱的则是沉寂本身。顶棚上栅型金属灯罩里的灯泡尚未熄灭，放出昏黄不明的光线，嗡嗡地回响着。

这萦绕心头的死寂声有时候会引发人们不同的生理感受。约瑟夫在午夜感到一阵轻微的摇晃，他突然觉得囚房就像曾经那条名叫 Fortunato 的拥挤的驳船，而他当时作为唯一的医生，和船上的一个厨子一起挤在船舱里。

他们从塞浦路斯一路航行到北美，护送一队反仪式派农民信徒——他们因为拒绝服兵役而遭到沙皇政府的迫害。俄方十分乐意把这些自发的和平主义者交给加拿大政府处置。年轻的外科医生约瑟夫刚刚拿到日内瓦大学医学系的医师证书，把这个意外任务应承下来，一是出于想外出旅行的念头，二是由于导师的鼓励，大学时期的他在把巴枯宁的法文作品翻译成俄语出版时①，就与导师开始了通信往来。列夫·托尔斯泰伯爵也曾就迁移被驱逐信徒一事向公爵请求援助。请求写在发往伦敦的急件里。读完信中公爵对西伯利亚的描述，以及对它和加拿大之间的对比，伯爵准备联系加拿大政府并请求划出一块适合

① 更确切地说，是交给位于苏黎世的俄罗斯萨任印刷厂。

的区域，以供移民信徒居住。

　　船上的厨子名叫巴布尼亚。这个名字到底是绰号还是真名不得而知，大家都叫他格鲁吉亚的希腊人。他不会做饭，只会煮一种叫拉塔图[1]的东西。这种东西他后来还会在俄罗斯监狱里见识到。除此之外，从中介小贩那里买到的食物，也都是些劣等货。航行才进行到第二天，就已经有很多没怎么出过海的信徒患上了航海病，除了呕吐以外他们几乎全都开始腹泻。底舱是下不去的，甲板上到处都被"吐得很脏"（约瑟夫以后还有机会背会这个俄语词），笨手笨脚的船客们都尽量避免靠近船舷。整艘船都笼罩在一大团恶臭的烟云中。

　　约瑟夫尽力救治病人，每天只能睡三四个小时。颠簸不是特别剧烈的时候，他就把孩子们移到甲板上。药品只能勉强支撑。女人显得耐力更好一些，第一个星期死掉的那四个人里没有一个是女的，而村汉们的尸体则伴着女人们的例行号哭被扔下了船，其他人用自己特殊的方式做着祷告。后来他渐渐弄清楚，其实善于积存的农民带了相当充足的食物储备。约瑟夫凭着三寸不烂之舌才说服他们从自己的粮食里分出一些煮成黄米粥，大部分人在吃上习惯的食物之后慢慢康复起来。还有一些人很信赖约瑟夫，把米粥分给其他几个也患了病的船员。

　　漫长的航行途中，约瑟夫无意中知道了关于自己那位同屋的一些事情。这位巴布尼亚就像迅速移动的动物列队里的首

――――――――――

　　[1]　法语名称为 ratatouille，指一种用茄子、西葫芦等蔬菜做成的普罗旺斯传统炖菜。

领。他的模样变化莫测，一会儿像尖头老鼠，一会儿松垮着脸，两腮的横肉和嘴角耷拉下来，又有点儿像花鼠，而当他神采飞扬、容光焕发，通常是为一些蝇头小利打小算盘的时候，那他就会突然变成一只精明麻利的松鼠。

巴布尼亚多嘴多舌，谎话连篇，他常常忘记自己昨天说的话，第二天又会告诉别人自相矛盾的内容。总而言之，完全可以想见，他为何会在第比利斯因为干了一些地下勾当被逮捕，被流放到西伯利亚，而后又逃之夭夭，东躲西藏，一路居无定所，到处坑蒙拐骗。他坐上了敖德萨的一艘承运面粉的轮船，先到了塞浦路斯，为了能到美国去，他应募上了这艘搭载俄罗斯移民的船。而在另一个版本的故事里，他流落到了塞浦路斯，躲进了一个放腌渍卷心菜的大桶子里。他似乎有点像睁着眼说瞎话，塞浦路斯人为什么要吃腌渍的卷心菜呢？巴布尼亚刚一钻进他们俩共住的逼仄的船员室时，约瑟夫根本躲不开那股卷心菜味儿。

到达加拿大之后，约瑟夫确信，加拿大政府一定不会马上履行帮助信徒移民的诺言。面对那些早先慷慨应承要分给大家荒地的当局官员，不识字的村汉们根本就不懂怎么把事情弄清楚。当地的贵格会①拒绝给信徒移民提供粮食种子。约瑟夫不得不从中兼任翻译和外交官，先捍卫了一番难民权益，之后带着一小队表示希望继续寻找福运的信徒，转移到了加利福尼

---

① 事实上，他们是基督教新教兄弟会。

亚。在旧金山他和信徒们永别了，在这之后他很快找到了一份好工作，在当时很有名的蒙哥马利教授开的私人外科医院做助手，约瑟夫的欧洲学位证书和他的翩翩绅士风度给教授留下了深刻的印象。

在加利福尼亚，他过着快活的单身生活，虽然其实他也结了次婚①。约瑟夫年轻的妻子索菲娅·施泰恩是德裔俄罗斯人，生物学专业大学生，还没毕业，原本应该晚些就过来的，但最终还是没来。他们之间与其说是婚姻，还不如说是自由的大学生友好联盟，这在日内瓦支持无政府主义的移民青年中其实是约定俗成的。在那个年代，只要是已婚的俄罗斯女公民，就可以被准许出国留学。约瑟夫是愿意为索尼娅[1]同志提供这一友善援助的，不过，她也还是为他生下了一个儿子。后来他才知道，索尼娅把小婴儿送去俄罗斯的父母那里，而她自己跑去巴黎结婚了，跟一个不知道是瑞士的还是苏格兰的工程师，不过，这似乎也完全不重要了。

----

① 约瑟夫比导师晚二十年结婚，但在这方面还是跟随着他的步伐。公爵在日内瓦举行的公社追思会上遇见了自己未来的妻子，也就是巴黎一系列事件一年以后。她跟约瑟夫的第一个妻子一样，也叫索尼娅——索菲娅·安娜耶娃·拉宾诺维奇。她也是日内瓦大学的学生，也是读生物学的。根据虚无主义原则，他们签订了一个为期三年的契约，没有举行结婚仪式，而后这三年的期限反复了十四次。顺便说一下，公爵和妻子的相遇与约瑟夫和自己第二个妻子的相遇也甚是相同：公爵与索菲娅·拉宾诺维奇在日内瓦的相遇源于她当日帮一位侨民做西班牙语翻译，而尼娜·尼古拉耶夫娜则是代替自己的女伴，去做了约瑟夫在出版社的临时助理。

[1] 索菲娅的小名。

很多年以后，我母亲才见到了自己同父异母的亲哥哥。他们的相遇很偶然，是因为有一位研究十月革命前出版事业的人从中张罗。在莫斯科时我们算是邻居，我们家住在罗蒙诺索夫大街，而米哈伊尔·约瑟夫维奇住在马特维耶夫大街。正是他告诉我母亲，许多年以前有个衣衫不整的希腊老头子找到了他，说他1938年时曾跟约瑟夫·M住在一个牢房里。如此一来，所有的线索都交织在一起：外婆在1936年从卢比扬卡收到的判处枪决通知其实是假的，母亲在60年代收到的平反证明也是伪造的，因为那上面写的行刑时间也是1936年……

关于另一次航行的记忆就要浪漫得多了，也舒服自在得多。约瑟夫那时搭乘英国邮轮"维多利亚女王号"从纽约回英格兰，他大概已经有十年没回过欧洲了。

约瑟夫清楚地记得这一天，那时他还不知道，此次与美利坚合众国和美洲大陆一别竟是永恒。是啊，他当时衣兜里还揣着美国公民的黑色护照。时值六月，纽约城暑气炎炎，热不可耐，他们的轮船第二天还停在二十四街的栈桥旁，尽管日程表上他们应该前一天就起航。人们在甲板上吵吵嚷嚷，抱怨装载食物耽误了时间。等船总算驶离岸边，沿着哈德逊河顺流而下，到达 Black Well [1] 岛的时候，他们望见了一幅惊人的图景：岸边一大群穿着条纹囚服的犯人疯狂地向他们的邮轮吹哨子打招呼，齐声大喊。已经航行至大西洋，自由女神像早已隐

---

[1] 英文，直译为"黑井"，此处指美国布莱克韦尔岛，现罗斯福岛旧称。

没在人们的视线中，船长助理在俱乐部舱里向大家解释道，被监禁在 Black Well 岛的这群可怜的苦役犯，多半是把他们的船当成彼利[1]的"罗斯福号"了，那艘船几天前刚从这个码头离开，向北航行去格陵兰岛。当地报纸上说这艘船启程时伴随着不堪入耳的叫嚷声，似乎失败的彼利不是驶离此地，而是刚刚凯旋。

后来约瑟夫翻看过登在伦敦《泰晤士报》上的彼利回忆录片段，那些文字充斥着一股子令人生厌的美国式傲慢："……我怀着无上的光荣意识到，所有远航考察的装备都是美国制造……'罗斯福号'是在美国的造船厂用美国的木头建造而成的，以美国公司用美国金属制造的机器做装备，根据美国人的图纸草案设计的。甚至连最为平常的装备零件都是美国生产的……"在全人类考察勘探的伟大构想背景下，对于欧洲人阿蒙森[2]而言，这些爱国情感的真挚流露估计只能逗他一乐了。

在彼利的自卖自夸里，微微透露出一种对自己优先地位的小肚鸡肠式的担忧，好像美国不是世界上第二大国，而是某个亚洲小公国。美国人终会成熟，他们会记起来，当初是欧洲把他们养育长大，或许还会理解，全世界所有民族拥有的是同一个地球，同一个北极……

---

[1] 罗伯特·埃德温·彼利（1856—1920），美国极地探险家，曾多次前往格陵兰岛探险，1909年成功到达北极。

[2] 罗尔德·阿蒙森（1872—1928），挪威极地探险家，世界上第一个到达南极点的人。

　　描述自己船舱的时候，彼利也没忘记提起，在他的办公桌上方挂着罗斯福的肖像画。"西奥多·罗斯福[1]对我来说是一位拥有着非同寻常的力量的人物，他是美国土地上孕育出的最杰出的人才。"就连在俄罗斯，这种歌颂沙皇的忠君作风似乎都已经过时了吧。不过，约瑟夫当然清楚彼利是一位刚毅无畏的航海家，甚至有可能，自己是在嫉妒他。这样想来，连轮船在纽约耽搁这类微不足道的小事都能让他如此懊丧，实在太不应该了。但约瑟夫毕竟还年轻，性子急，只能数着日子等待着亲眼见到导师的那一天。

　　他在二等舱的单人间很狭小，门上钉着一块牌子——Joseph M. Surgeon[2]。

　　在悬垂架上、枕头上，都放着小小的美国儿童巧克力和船长祝福大家旅途愉快的小便签。这让约瑟夫心头微微一喜。架子下面安着小折叠桌，但没有配套的椅子。手提箱可以拿来当椅子，它在码头被食品店冰镇鸡尾酒的冰块给擦亮了，这样就能用化学铅笔在侧面大大地写上约瑟夫的名字。两个装着医学仪器的大箱子则放在载货隔舱里航行着。

　　手提箱要是再长半英寸，单人舱里估计就放不下了。侧面有一个安着镜子和盥洗盆的壁橱，约瑟夫得掌握在海上四级颠

---

[1]　西奥多·罗斯福（1858—1919），美国军事家、政治家，美国第26任总统。

[2]　英文，意为"约瑟夫·M—外科医生"。

簸时刮胡子的技能。好吧，其实只有在夜里钻进这个舒适的小匣子才有点意义。

约瑟夫完全可以住上一等舱，但是一等舱已经被人抢先一步占了。而如果要等到空位，必须得在酷暑难耐的纽约再等上一个星期，而且在那个街道似峡谷、冷漠又昂贵的城市里，连住个廉价酒店都不划算。

有人敲了敲门，服务员送来一杯冰镇潘趣酒，用莱茵白葡萄酒、香槟和克拉列特酒调制而成。服务员告诉他，午餐将在一刻钟以后开始。

约瑟夫从回忆中醒了过来，食物托盘被拿走了，狱监往包着白铁皮的架子上放了一小盆大麦米饭，还有一个又瘪又歪的铝制杯子，里面装着温吞吞的茶水。

约瑟夫七岁的时候，比萨拉比亚[1]的吉卜赛女人罗萨曾预言，说他长大成人以后会出海远航。当然，她所说的地方应该是突尼斯。他会横渡地中海去猎捕狮子，就像达达兰[2]一样。在他深深崇拜的约瑟芬姨妈温柔却坚持的教导下，小约瑟夫读过这个滑稽的塔拉斯孔城人的故事的法文版本。

姨妈没有丈夫和孩子，由于约瑟夫的父母常常不在他身边，所以实际上他是由姨妈抚养长大的。只不过后来她换了工

---

　[1]　罗马尼亚地名，今属摩尔多瓦共和国。
　[2]　达达兰，法国作家都德的名著《塔拉斯孔城的达达兰的奇遇》一书的主人公，是一个渴望冒险、自吹自擂又胆小如鼠的人。

作，跟随了奥地利王储鲁道夫①。家族史里是这样描述约瑟芬姨妈的故事的：她在尚为少女时，就爱上了一个人，她的这位意中人是一个来自低级阶层的塞尔维亚下士。家里人不同意这门屈尊俯就的婚事，于是可怜的下士就痛苦地举枪自杀了，姨妈发誓终身不嫁。这一切都发生在——如果真的发生过的话——约瑟夫出生前很久很久。

　　罗萨皮肤黝黑，口髭浓重，性情狂热，约瑟夫后来在敖德萨买卖鱼肉和醋渍茄子的囤货场上见过很多这样的吉卜赛女郎。但在的里雅斯特[1]，她是独一无二的异域女郎。据说，罗萨是个寡妇，她那做商船船长的丈夫在南海的某个地方遇难了。她对这些流言并不反驳，但也一直逃避谈论过去的事。罗萨住的地方比水兵们离海的距离还远一个巷子，在 via della Madonna del Mare [2]，就在鱼铺旁边。在热天，即使橱窗里全是冰块，鱼铺也还是会溢出浓郁的香气。鱼、贻贝、小虾米、大龙虾全都是一等一的好货。有个高档餐厅的老板就是在这个铺子里进了货，才到第三天，他的店就因为海鲜酱汁意大利面出名了，还有番茄酱焖章鱼。店铺的墙上用灰泥乱抹了一幅画：背景是蓝蓝的海，还有同样蓝蓝的天和卷曲的云

① 伯爵夫人约瑟芬·米拉托维奇青年时代曾在奥地利宫廷担任女官，还是那位其悲惨故事被写进小说、走上银幕的王储的老师。在以王储与他的情妇双双殉情的阿尔卑斯山小镇命名的电影《魂断梅耶林》中，奥马尔·沙里夫扮演男主角。王储是个复杂难懂的人，不过这不仅指他的感情纠葛，还指他的政治阴谋——他一直与匈牙利的地下革命工作有密不可分的关系。
[1] 意大利城市。
[2] 意大利语，意为"圣母玛利亚海滨大街"。

朵，一个穿着雪白制服的高超骑手跷着二郎腿坐在栏杆上。
这是海滨廉价艺术的范例，不止地中海的食品铺是这么装饰
的，黑海边的所有浴场，从敖德萨的酒吧到巴统的小饭馆，
还有那些信誉可疑的二流旅馆房间里的墙壁、天花板和壁
槽，都是这样的。

罗萨在一个工程师家租了一楼的房子，就在卖废旧品的小
商店下面。她最近几天都端坐在货摊后面，身上挂满了宝石项
链，摊子上铺陈着黄黄黑黑、画着白蝴蝶、缠着丝质彩带的展
开的中国扇子。这里还有她引以为豪的东西，一头背上驮着金
塔的白象，还有一套青铜色的笔具，拿破仑时期镶着皇帝和元
帅头像的陶瓷凸面圆章，水晶玻璃糖罐和螺旋形铁丝制的糖
罐。旁边安静地躺着一个又大又重的、浇注用的盘子，做成了
一种不知名的树叶的形状——在意大利没见过这种树，上面还
有条细细的黄色裂缝。总之罗萨确信，这是一种很罕见的俄罗
斯陶瓷[①]，所以怎么都不卖。

从早上九点开始她就坐在货摊后边，不急不慢地喝着她的
午后卡布奇诺。旁边地上破旧的假鳄鱼皮手提箱上，睡着她最
心爱的达克斯狗，或者说，是很像达克斯的一只狗，只是尾巴
不知为何被砍短了……对了，罗萨受到的神的启示是这么说
的：他有一天会出海远航。罗萨弄错了，十五年之后的约瑟夫
去的不是大海，而是大洋。不过罗萨可能正好就是这个意思，
古希腊人就把地中海叫作大洋。

---

① 这多半是库兹涅佐夫工厂的产品。但离这个工厂被没收、罗萨死去、盘
子碎掉很久很久，已经无人可问了。

　　这是他在的里雅斯特的最后一年，可命运并不允许他回到这里。许多年过去后，在饿殍遍地、破烂不堪的基辅——这个城市刚背水一战，击退了他在俄罗斯的老熟人西蒙·彼得留拉[1]步步紧逼的军队——约瑟夫去看了一场从彼得格勒逃过来的剧团的话剧。冻得直哆嗦的演员压根表现不出什么哥尔多尼的意大利味儿。但惊喜的是，在这个破败城市的小小舞台上，他居然看见了自己童年小镇般的布景，地中海式的五彩缤纷和单纯质朴。很多房子三、四楼的墙壁令人费解地合拢了，一堵墙和另一堵接在了一起，赭石般的淡黄色，麦秆色，浅绿色，蔚蓝色，浅粉色，少见的灰黄色和白色，还有些东西一定是深红色的，比如门楣和窗框。还有每个窗台上都有的颜色，淡粉色、红色、鲜红色的花朵和果实一串串垂向街道。看得出来，戏剧艺术家们也感到了属于所有客居意大利的俄罗斯人的日益浓烈的乡愁，在那个血迹斑斑、饥寒交迫的年代，俄罗斯的过去已然死去，而现在她却成了传奇。

　　毕业于维也纳的波兰工程师阿尔宾老爷的房子，位置比海滨街稍低一点，在 Felice Venezian[2]街的一条窄巷子里。或许在离这儿很近的某个地方，在卡萨诺瓦的时代，这个最不起眼的威尼斯人也曾有过幸福而充满激情的约会。准确地说，这是工程师妻子的父母的房子，她的生母是达尔马提亚伯爵夫人

---

[1]　西蒙·彼得留拉（1879—1926），乌克兰军事家、政治活动家，1919—1920年间是乌克兰共和国执政内阁的领袖。

[2]　意大利语，意为"幸福的威尼斯人"。

米拉托维奇。阿尔宾先生这个中等地主家庭世代相传的庄园，坐落在加利西亚[1]山上，一直到动荡不安的19世纪末也没有人能说清楚，这座山到底属于波兰、俄罗斯还是奥匈帝国。不过除了欧洲政客以外，恐怕也没人对这个问题感兴趣。

每逢星期六，工程师在离他房子最近的巴尔巴坎广场露天咖啡厅喝完东西，都会不断地想起他的意大利朋友们，冰镇的维波罗瓦伏特加永远要比温热的格拉巴酒好喝又畅快，就连加冰的格拉巴酒也比不了。跟这些朋友说完再见，他也从不会忘记在这边广场上的点心店顺便买一小袋新鲜的奶油小蛋糕，给他的家里人。

每到星期天，在多明我会天主教堂做过弥撒之后，大家庭一起享用午餐的时候，阿尔宾先生也一定会在饭桌上断言：波兰一定会解放的，就像现在的意大利一样，自由而统一。而在就寝前，趁着微醺的酒意，他必定还会为塔德乌什·柯斯丘什科[2]敬上一杯。

这位卓越出色的波兰人，曾在美国独立战争时期拿到了准将头衔，他身上的一切阿尔宾先生全都喜欢，无一例外，包括他在拉茨瓦维茨战役里取得的胜利，以及他领导的华沙起义，甚至是他和彼得保罗要塞警备长（这位英雄后来就被叶卡捷琳娜大帝派到了这里）之间的友谊，还有保罗一世还他自由的事情：作为对先前造成的不便的弥补，保罗赠予他一千二百卢

---

[1] 波兰旧地名，又称加里西亚，位于乌克兰和波兰接壤处，历史上长期为俄罗斯与奥地利的争夺目标。

[2] 安德热·塔德乌什·博纳文图拉·柯斯丘什科（1746－1817），波兰爱国将领，波兰、立陶宛、白俄罗斯和美国的民族英雄。

布，一辆四轮轿式马车，貂皮大衣和皮帽，还加上毛皮长靴和银质餐具，供他返回故土。

如果某个星期天格外顺利，阿尔宾先生能拽来一个波兰同胞共进午餐，那他就会敬更多次酒了：为波兰-立陶宛王国的复兴干杯，从里加到敖德萨，从格但斯克到匈牙利，当然还包括加利西亚。阿尔宾先生还不忘提醒大家自己的祖辈参加过1825年的十二月党人起义。的确，华沙的一切都比彼得堡谨小慎微，没人敢领着军队走到广场上，但还是有八个人因为搞地下团体被逮捕了。大公爵康斯坦丁自然是受到了妻子——迷人的波兰洛维奇公爵夫人——的影响，因此对波兰人颇有好感，正是这份好感发挥了作用。总共八个人，在这八个人当中，除了克尔日扎诺夫斯基、斯坦尼斯拉夫·索尔迪克伯爵和扎鲁斯基伯爵以外，还有当地圣殿骑士分团的团长卡尔·马耶夫斯基。说到圣殿骑士这个词的时候，主人隐隐地压低了声音①。阿尔宾先生通常会以一个他最喜欢的笑话作结尾，说英国人想绑架拿破仑，用一个波兰人偷偷替代他——你们都记得他的肖像画吧，跟波兰人就是一个模子刻出来的。Oczywiscie! [1] 这位同貌人本应如同坐在土耳其创造的下棋装置[2]中一般，成

---

① 在19世纪初的奥匈帝国，对共济会成员的迫害残暴至极，说谎都被当作叛国罪惩处。共济兄弟会成员们在意大利和德国被纷纷逮捕，在西班牙被宗教法庭施以酷刑。但在世纪末时已经可以不用这么小心翼翼地活着了——倘若还有共济会成员在意大利被逮捕迫害，那不过是因为惯性，或者不小心抓到罢了。

[1] 波兰语，意为"当然了！"。

[2] 指土耳其行棋傀儡，18世纪晚期的自动下棋装置，后被证实为骗局。棋盘前坐有一个如真人般的机械傀儡，受藏匿于棋盘下的人类棋手操控，曾击败拿破仑·波拿巴和本杰明·富兰克林等各国挑战者。

为被操纵的傀儡，但英国人的计谋却落了空。这个阴谋大概是被拿破仑的警务大臣富歇揭穿的，这个人居心不良，诡计多端，背信弃义，嗜血成性，波旁王朝把他发配到的地方恰好就是的里雅斯特——在那里的城市公墓，只消给看门的老头儿半里拉，他就能在第二天给你们看富歇的墓①。

父亲这种民主自决的观念，混合着家里自制的李子酒的气味，深深感染着约瑟夫并伴随了他一生。而让他铭记于心的，还有那座雄伟壮丽的石山，上面的每一块圆石都象征着意大利的一小部分。石头被堆成金字塔的形状，顶端安坐的明显是一只罗马品种的雄鹰。纪念碑高高地矗立在意大利统一广场。这里喷泉欢快地飞溅，那时还是小男孩的他们一定会准时准点地跑过来听敲钟。米尼市政厅不像邻市的威尼斯市政大楼，在它的正面楼顶敲钟的不是皮肤熏得黝黑的摩尔人，而是两个有着铜墙铁壁般身形的壮汉。天气晴朗时，喷泉周围的椅子上坐着游客、疗养客，还有小镇上的几对夫妻。他们好奇地看着海湾，观察那边是否在拖运东西，有船只从五个防波堤——不算货港的话——之中的某个岸口开航，它们先去尼斯，再去马赛，多层轮渡的警笛声震耳欲聋。这警笛声，就连最远处的膳宿旅馆和隐没在山岩间的别墅的住户都能听到。

除了从席间谈话和父亲的激情演讲里学到的东西以外，约瑟夫还从哥哥利奥波德那里了解了什么是自由。从小他就清楚

---

① 唉，要是阿尔宾老爷知道 18 世纪 70 年代，已入晚年的扎克莫·卡扎诺夫在的里雅斯特住过近一年的时间，并在这里写成了三卷波兰暴动史，他该多么欣喜若狂啊！

地知道 Risorgimento[1] 这个香甜可口的词汇，它散发着肉桂和星期天自制饼干的香气。那些关于马志尼[2]的崇高而伟大的句子，掷地有声，令人振奋，当所有人都睡去的时候，他仍无法入眠。他还听说了鲁菲尼兄弟在热那亚的起义——在皮埃蒙特区的起义遭到镇压并且招惹了许多事端，还有拉莫利诺在萨瓦发动的起义，罗马涅的意大利军团，以及在卡拉布里亚被枪决的绝望的烧炭党人和邦吉耶尔兄弟。不过，和那个年代的所有意大利青年一样，利奥波德一直念念不忘的，当然还是在他出生前三十年就已离开人世的朱塞佩·加里波第[3]。他记得他的大英雄那暴风雨一般的人生里所有奇妙的曲折坎坷。朱塞佩，这个海员的儿子，会开着商船纵横海面，二十五岁的时候就已经可以指挥圣母号双桅帆船。还有件事很出名，有一天这位勇敢的船长驾驶的纵帆船误入了塔甘罗格市，但就连中学地理老师都没办法说清楚，这个港口到底属于哪片海，位于哪个国家。对于他们而言，欧洲的尽头就是波兰，再远就是棕熊成群、狮子遍地的西伯利亚了，那里住着鞑靼人、西徐亚人、匈奴人，还有一群歌革和玛各[4]。

　　二十七岁时，加里波第已经是一名陆上的革命家，在自己的国家被判死刑，于是逃亡到突尼斯的贝伊那里做事。讲到这里的时候，幼小的约瑟夫心脏漏跳了一拍，他预感加里波第必定将在那里猎捕猛狮，尽管利奥波德压根就没有提过狮子，而

---

[1]　意大利语，指"意大利统一运动"。
[2]　意大利建国三杰之一，意大利革命家，民族解放运动领袖。
[3]　意大利建国三杰之一，意大利军人，爱国志士。
[4]　《圣经》故事中黑暗力量的统治者，代指极其残暴、有权有势的恶势力。

故事的主人公其实去了乌拉圭，成了一名海盗，使刚刚从葡萄牙王国手里解放出来的巴西海滨城市又陷入恐慌之中。而有件事深深地烙在约瑟夫敏锐的童年记忆里，那就是勇猛刚毅的革命家和英勇无畏的海盗，他们经常是同一类人。除此之外，加里波第还领导了破衫汉战争，其实是一群无业游民和流氓地痞的斗争，这也不知怎的很令利奥波德叹服。这些都还不够，加里波第还和一个叫作安娜·里贝罗·达·席尔瓦的女子结婚了，她也是个冒险分子。

在南美作战时，加里波第组建了一支意大利军团，采用黑旗作为旗帜。后来，约瑟夫不止一次地回想起这个细节：无政府主义者曾选中这象征悲痛和不幸的黑色，可后来这种颜色又成了墨索里尼的心头所爱。加里波第的旗帜上还有一座火山，象征着祖国尚在沉睡的革命力量。不过，其实朱塞佩还用了红色——这是鲜血的颜色。正好从巴勒莫传来欧洲革命的好消息，加里波第思忖片刻，便带着自己的几十名死士回到了他们的于美洲而言小小的祖国。

当然，热爱自由的意大利人绝不是因为加里波第的海盗行径才崇拜他的。他和奥地利人交战，话说回来，谁没跟奥地利打过仗呢？罗马议会宣告共和国成立，不过的确提前了一些时间。他击退了法国将军温迪诺的进攻，在山林里四处漂泊，而后迁居到了美国，和父亲最喜欢的英雄柯斯丘什科一样——这对于一直视加里波第为儿时英雄的成年约瑟夫来说又是一个重要细节。他成了撒丁将军，准备带着自己的阿尔卑斯猎骑兵突击罗马。约瑟夫还特别喜欢的是，加里波第用自己野蛮的海盗方式夺取了两艘轮船，带着自己的千人团到达西西里，支援了当地的武装起义者。就在那里，他当上了独裁统治者，以国王的名义执掌政权。大仲马还曾去他那里做客，那时他已能说一口流利的法语。约瑟夫久久地沉醉其中，一直到跟故事中的那座房子告别。之后，加里波第击败了那不勒斯将领，盛情款待前来那不勒斯的维克托·伊曼纽尔[1]，但他们似乎有什么事情谈崩了。加里波第改变主意，不想再跟国王套近乎，而是决定跟其厮杀一场。加里波第腿受了伤，一位名叫皮罗戈夫的俄国医生给他做了手术，等伤势稍微好转，他就去了英格兰，赢得了欣喜万分的克尔特人的热烈欢迎。后来，他在加尔达湖一战中被奥地利人打败了，逃亡到了卡普雷拉岛，在那里他除了整顿军务，还赢得了美名和声望。但他是没办法安分下来的。他后来重建功勋，被抓到锡纳伦加，又在警卫的护卫下重返领地，在那里开始创作带有反罗马教廷色彩的长篇政治小说①。然而，加里波第气数将尽之时，他只是一个谦卑温和的基督教徒，像所有善良的天主教徒一样，在临死前他依然向神父做了忏悔，领了圣餐……世纪末的青年人都视他为英雄，这不安分的一代带着对革命和动荡的渴望，投身20世纪的洪流中，尽管他们仍不明了，自己究竟希望从历史中得到些什么。

安稳闲适的田园生活并没有持续很久。疏懒腼腆的妹妹斯

---

[1] 指维克托·伊曼纽尔二世（1820—1878），撒丁王国国王，意大利统一后的第一位国王。

① 也就是说，完全是按照新教皇派的准则写成的。

特凡尼娅嫁给了一个从普罗旺斯来的胖胖的法国人，那又怎样呢，达达兰不也很胖吗？他是马格里布地区国家的蜜枣收购商，或许，妹妹也曾幻想过猎捕狮子这类事吧。而严肃刚毅、目的明确的哥哥利奥波德，被父亲的爱国情怀所感染，远赴波兰的克拉科夫大学神学系求学。阿尔宾先生自己则在粮产富足的南方地区克列缅丘克签订了契约，去那里建了好几个蒸汽磨坊——这是当时德国农业加工技术的最新成就。他还带上了母亲和小儿子。约瑟夫不得不与挚爱的约瑟芬姨妈离别，被安排到耶稣会教徒学校读书，那些教徒经历了近半世纪的流亡才回到俄罗斯，学校建在克列缅丘克附近的敖德萨。比这所学校更近的可以给孩子教授明白易懂的拉丁语的学校，实在是没有了。当然，那时候约瑟夫还不知道皮埃蒙特国王查理·阿尔贝特的那句名言：我就站在烧炭党的短剑和耶稣会的毒可可之间。当时众所周知，那位宣告废除耶稣会的罗马教皇克雷芒十四世，就是因为被耶稣会士下毒而痛苦地死去的。

很久以后，约瑟夫读导师的回忆录的时候，偶然读到一处，公爵回忆起某个十分遵循耶稣会教育方法的日拉尔多特上校时，毫不吝惜对他的恶言恶语……不过，耶稣会士肯定地认为，在过去的这一个世纪里，他们已经修正了过去的错误，世上不会有比耶稣会士更仁慈博爱的基督徒了，基督徒里也不会有比他们更仁慈博爱的人……

起初，小约瑟夫对这次旅行感到很开心，还让他很开心的是，在本应跟同龄人一起玩耍的星期天早晨，他再也不用在多明我教会的男童合唱团唱"Ave Maria, gratia plena"[1]了——
小时候的他有一副洪亮动听的好嗓子,这实属不幸。那时候他
还不知道自己将面临更煎熬的试炼。当开往维也纳的列车响起
了最后一道铃,他在意大利的温暖童年也画上了句号。

当不再有人转送物品来的时候,约瑟夫就明白,他的行刑
事宜已经通知到他妻子了。他只能祈祷,尼娜会想办法把自己
的那些金子和毛皮都拿去外宾商店,然后带上他们的女儿们离
开莫斯科,走得越远越好。大儿子尤里在大学念书,母亲无论
如何也救不了他了。事实上他们的儿子并没有被逮捕,他被准
许完成了学业,但五年后,他在收到父亲的死讯之后,在莫斯
科近郊的一场民兵保卫战中牺牲了。

外祖母仿佛是透过监狱的铜墙铁壁读懂了丈夫的心思,她
当时就是按他想的那样做的。一开始她带着女儿们逃到了她妹
妹纽拉那里。纽拉嫁给了一个林务员,他掌管着一片辽阔的伏
尔加森林,就在那个以前叫下诺夫哥罗德,后来为了纪念那本
小说《母亲》的作者而改名的地方。约瑟夫浏览过这本书,他
的两个相差一岁的女儿就读的苏联学校要求她们读。总之,外
祖母回到了自己的家乡。很久以前,十月革命爆发前十年的时
候,外祖母曾去莫斯科师从一位女演员,她正好是下诺夫哥罗
德人。外祖母进了一个私立戏剧学校,在年轻的瓦赫坦戈夫[2]班

---

[1] 拉丁语,天主教祷告词的开头:万福玛利亚,你充满圣宠。
[2] 瓦赫坦戈夫(1883—1922),俄国导演、戏剧理论家,1910年进入莫斯科阿
达舍夫戏剧学校,翌年以演员身份进入莫斯科艺术剧院。

上。她在学校有个好朋友叫娜塔莎·哈特科维奇，她的作曲家父亲希望娜塔莎能在假期时去他们在基辅的别墅，因此她请求外祖母暂时在暑期代她的班。娜塔莎之前在一家文艺出版社做助理，这家出版社的所有者就是美国籍波兰人约瑟夫·阿尔宾诺维奇·M。就在那年秋天，尼娜嫁给了他。丈夫比她大十四岁，但她似乎从来没有后悔过自己的选择。

就在约瑟夫完全与外界隔绝之后，每日的审讯就开始了。一开始审讯进行得很是没精打采，第一个侦查员五短身材，大腹便便，总是满嘴口水，他那破旧的审讯室也在地下，比牢房高一层。那些家具支脚上的登记号都还没被擦掉，多半是些充公的东西，而且还都被啃坏了，可能它们以前的主人家里养了只小狗崽子。除此之外，约瑟夫还被加上了一项罪名，说他曾为瑞士和波兰的侦查机关做事——难道他没定期去过波兰大使馆召开的招待会吗？难道他没跟瑞士公使夫人有过秘密谈话吗？约瑟夫心想，你们这些人简直是要把我变成库尔布斯基公爵[1]啊！而当侦查员把笔录递给他签字的时候，他才发现，原来他还要准备变成库尔斯克大公[2]。他在笔录上签字了，像他那么多不幸的同志一样，他天真地以为，这些无稽之谈越是荒诞至极，就越能证明他的清白。

---

[1] 安德烈·库尔布斯基（1528—1583），俄国军事统帅，沙皇伊凡四世的密友和顾问，后因伊凡四世怀疑其图谋不轨而被软禁。他们二人进行过非常著名的通信，后被编为《伊凡雷帝和库尔布斯基通信集》，留传至今。
[2] 库尔斯克大公（死于1228年之后），因觊觎诺夫哥罗德-谢韦尔斯基（乌克兰城市）被杀害。

但他的审讯员换人了，而这也再一次证明，这个被逮捕的外国犯的命运已经尘埃落定了。

约瑟夫被带出了囚房，被带到比那儿高三层的地方。这里的走廊都铺着地毯，立着很多无花果盆栽。最可怕的是，背对着那张占据整面墙的现名为苏联的巨幅地图坐着的侦查员，从现在开始要对他做无笔录审讯。第一天时侦查员请这位受讯人入座，还请对方抽烟喝茶。约瑟夫从来不抽烟，但对喝茶没有拒绝。茶水是甜的，加了柠檬。"怎么，我也要被催眠吗？"侦查员说了一句神神秘秘的话，脸上有几分放肆，却又带着不甚自信的讪笑①。

约瑟夫也讪笑起来："My God hath sent his angel, and hath shut the lions' mouths…"[1]

侦查员困惑不解地望着他，沉默了半晌，后来再也没回到这个话题上来过。

面谈进行得不紧不慢，甚至是漫无目的——他们多半是期待着能从约瑟夫口中听到一些随口提到的名字。但约瑟夫警惕地留意着不说出任何名字。

他从未撒过谎，因此在头几个月里他一直对所有问题都避而不答。然而现在看来，他已然行将就木，再没有什么可以失去的了，所以面对这个新侦查员的提问，在囚房里沉默够了的

----

① 在约瑟夫的个人档案上有一条小注：保持小心谨慎，被审人十分善于对工作人员施加不利影响。

[1] 英文，"我的神差遣使者，封住狮子之口"（《但以理书》6：22）。

约瑟夫·阿尔宾诺维奇——他现在叫这个名字——开始饶有兴味地一一自如作答。

新侦查员姓普拉维德尼科夫①。约瑟夫立马断定，这一定是他的真姓，当着一个将死之人的面，还有什么可保密的呢！侦查员的年纪大概是三十岁到三十五岁，留淡褐色的短发，没有眉毛，如果不把那两条红红的、老是要被抠出血的东西当成眉毛的话，这其实是他神经过敏的体现，更确切地说，应该是有病的征兆。单看相貌，他实在不像神职人员，但却是十足的工人样儿。那些来到城里并且安顿得挺不错的农民，很快就能长成这种面相。在他那张白里泛红的肥脸上，毫不起眼的灰眼睛似乎涌动着深深隐藏的恐惧。但这双小眼睛突然闪出光来，似乎他那匆匆建成的头颅骨里还安着一个小灯泡，一旦他捕捉到犯人在说谎，就仿佛抓住了猎物一般。他总是穿着一件格外短小的便服，但有一天约瑟夫还是因为手脚不利索的押解员无意间的称呼知道了他的官职——上尉。在苏联官位等级里，这个头衔在内务部人民委员会大概相当于集团军大尉，要不然就是上校。

普拉维德尼科夫总是想到什么就问什么。

比方说，判死刑后的第一次审讯时，他就不无好奇地问犯人是怎么看待布尔什维克的。刚开始约瑟夫只是含含糊糊地喃喃自语，但后来出于对自由谈话的渴望，约瑟夫决定不能让自

---

① 此词来源于宗教学校，有可能他的祖父是宗教学校的农民学生。（俄语中此词意为"遵守教规者"，又作讽刺语，意为"正人君子"。——译注）

己不痛快，于是开始开诚布公地展开话题。

侦查员早就开始坐立不安了，目光在墙壁上来回游荡摸索了很久才终于说，这次探视……不，是审讯结束了。这个口误实在太棒了。约瑟夫，也就是约瑟夫·阿尔宾诺维奇想，好吧，这可是你自找的，下次可不要随随便便好奇心泛滥了，亲爱的。没有比这个滑稽的词更适合普拉维德尼科夫的了：因为亲爱的不就是小卷心菜儿吗？[1]

"那你不信吗？"普拉维德尼科夫迅速地抬起眼睛，突然问道。

"当然不信。"

但约瑟夫刚一否认了灵魂转世和轮回再生的存在，囚房里就有一个人身上发生了十足灵异的事情。比如说，就在侦查员普拉维德尼科夫的这张无产阶级式的、他无论如何都记不住的脸上，他清晰地看到了巴布尼亚那张怪异的猴脸。

显然，侦查员已经厌倦了这种抽象的谈话。到了第三天，他问："你之前说过，你出生在意大利。哎，要是我们也能亲眼看看国外是什么样子就好了……"他其实讲的是自己，但说的时候却用了复数，眼睛里突然充盈起了真切的泪水。"你还拿到了美国护照啊……"

---

[1] 俄语中"亲爱的"与"菜心卷"为同根词。

约瑟夫不得不草草复述了一遍自己国外履历里的几个重要阶段。刚一讲到在加利福尼亚认识了来自俄罗斯和美国的社会主义者，侦查员就立马警惕起来。

"嗯嗯，"他说，"我认真听着呢。"

他们对此并不知情，也无从知晓。约瑟夫在和作为加盟共和国军医前往西班牙的申请一起上交给组织的简短自述里，并没有提起过这一段。现在约瑟夫粗略又冷淡地讲起了加利福尼亚的社会主义者同盟。这次他允许自己想起那些名字了，因为在世纪初时那些人一直都住在美国，卢比扬卡鞭长莫及。到了深夜，约瑟夫在囚房里逐渐忆起了那些太平日子里太平洋的安稳气息，还有意大利式的蓝莹莹的夜空背景下淡紫色的黄昏和黑色的松林轮廓。这个时辰，海鸥刚刚饱餐完早上 fish-mar-ket [1] 剩下的鱼内脏，笨重地从低空掠过海浪回巢，飞到岩崖和礁石那里去。

回忆让一切都变得明晰起来。约瑟夫还想起了热情好客的斯特雷勒茨卡娅姐妹召开的那次盛大的晚宴。

那座蒙受了殖民地风格影响的维多利亚女王式建筑，坐落于 Alamo 广场公园附近。这里的住户都把这个地方简称为 Postcard Row [2]——因为那边有个邮电分局。当时这个地方算是摩登新区，所以作为一家之主的埃利亚斯·斯特雷勒茨基自然毫不吝啬，让女儿们住进了上流社会的高档住宅。

这座建筑本身从外观上来看并不惹人注目。宅第正面没有

---

[1] 英文，意为"鱼市"。
[2] 英文，意为"明信片路"。

柱子，也没有任何装饰，只有一道简约的、高高的白色台阶，周围栽种着枝叶繁盛的卡斯蒂利亚玫瑰。里面的房间相当宽敞。主人家非常热情好客，姐妹俩都正值芳龄。妹妹玛尔图莎，总喜欢用第三人称这么叫自己，她和约瑟夫的妹妹斯特凡尼娅一样大，都还完全没有结婚的打算。但玛尔图莎绝不像斯特凡尼娅那样羞怯腼腆。姐姐安娜则比约瑟夫小整整三岁……当然，每逢礼拜六她们家就挤满了客人，因为这个自由随性的家庭并不遵守安息日的规礼，这些客人里自然绝大多数都是年轻男士。

约瑟夫怎么也没想过会在这栋房子里碰见他。巴布尼亚完全变了个样，他身穿扣好的笔挺黑色礼服，却很有艺术感地系着一条满是褶皱的丝巾，还带着一个镜片划破了的旧单片眼镜。这个单片眼镜估计是他在 garage sale[1] 淘到的，那里全是一些小酒杯、小玻璃瓶、绣着印第安图案的烟皮套、蓝色的多棱高脚杯，还有准会在买卖结束后两分钟停摆的链表。

这个投机主义者这次原来是个——现在谈谈这件事情也无妨，他在右边向约瑟夫这个老熟人使了个眼色——左派社会主义革命者，怕是给阿泽夫打下手的。而他在俄国社会主义者圈子里并非以巴布尼亚这个名字为人所知，更出名的一个名字是格奥尔吉·赫尔措维奇，也就是戈沙·赫兹。他出生在位于塔夫罗沃的犹太人居住区。作为一家之主，他继承了家族职业，做了药剂师。他学习了祖母辈的布列什柯·布列什柯夫斯卡娅

---

[1] 英文，意为"车库旧货售卖"。

的俄罗斯非法印刷行当，开了一个伪造护照制作室。"她对我来说实在难以忘怀，是她把我引上了革命的正途，"巴布尼亚——他可是戈沙·赫兹——悄声说，"我一定不会放弃这条正途的。"

约瑟夫坚信，巴布尼亚这次是扯淡扯过头了。不过，鬼才摸得透他这个人……

在他习以为常地胡说八道时，这个所谓的戈沙·赫兹也不放过任何令人恶心地大放厥词的机会，他说："我和你啊，都是真真正正的加利福尼亚人，都是坦率耿直的青年，不会玩什么花样，跟这些东海岸的假绅士根本就不一样。"然后他又瞎扯了一些无稽之谈："最主要的是，我们不会脑子发热，要是以后有必要，我们也是可以杀人的……"接着巴布尼亚又毫无过渡地用同样的谣传下流闲话的语气悄悄地说："这俩姑娘就是从外地来的，小市镇出来的野丫头。"

斯特雷勒茨基的家族历史，就像这次沙龙女主人的性格一样，约瑟夫原本就是知道个大概的。安娜就是跟传闻中的维拉·扎苏里奇[1]和索菲娅·佩罗夫斯卡娅[2]一样的不可战胜的俄罗斯女人。如果当年她做药剂师的父亲没把十岁的她从白俄罗斯带到美国，而是把她留在俄罗斯经受布尔什维克的变革，那么她在 20 年代出头的时候大概会变成一个穿着皮大衣的女政委，腰带后面别着比利时产的科尔特式手枪，要不然，

---

[1] 维拉·扎苏里奇（1849—1919），俄罗斯革命运动活动家，民粹派成员。
[2] 索菲娅·佩罗夫斯卡娅（1853—1881），俄罗斯民粹派成员。

她可能会变成跟她同族的罗扎莉娅·捷姆利亚奇卡[1]一样。

她在美国找到了一片天地来施展她那用之不竭的能量。不不，她当然不是恐怖分子，那时候这股欧洲风潮还没刮到加利福尼亚，不过她当时同时是十个社会主义组织的成员，比如反战同盟、移民革命者互助会、工业民主联盟、反死刑同盟，还有有色人种全国促进会①，这个协会主要是维护印第安人和墨西哥雇农的权益。也是因为这样，斯特雷勒茨基姐妹才看见了真正的印第安人，不过多半是在当时很出名的费尼莫尔·库柏的小说插图上看到的。

就是在这次晚会上，如果约瑟夫没有记错的话，他第一次见到了当时已经非常受欢迎，却非常年轻、年仅二十五岁的作家杰克·L。安娜和杰克因为有着共同的社会主义立场而相互吸引，杰克这次是作为未婚夫来上门拜访。

大家向这位赫赫有名的作家介绍了约瑟夫。杰克是个充满激情的青年，他认为革命刻不容缓，还不时地缅怀那些在克里姆林宫炸死数名宪兵将领的"俄罗斯恐怖分子"——本地报纸上就是这么写的。还有一整支黑海装甲舰队发动的起义——"塔夫里达的波将金号"起义的消息也是这么传到加利福尼亚的，对于这个他们也是欣喜万分。不过，安娜却希望进行温和式社会主义改造……约瑟夫并没有参与他们的争论，他并不想在人前大肆宣扬自己的无政府主义观点。

---

[1] 罗扎莉娅·捷姆利亚奇卡（1876—1947），俄罗斯女革命家，克里米亚革命运动的组织者之一。

① 在那个年代的美国，犹太人与黑人之间的分歧矛盾才刚刚开始酝酿。

杰克早期的海盗小说，讲的是旧金山海湾违法偷捕牡蛎的勾当，还描写了阿拉斯加的光辉史诗，但从约瑟夫的审美观点来看，这些小说都是些次生品，布勒特·哈特比杰克早二十年写了加利福尼亚的淘金者，而且似乎还写得比他好。不过，哈特是个十足的绅士，所以无怪乎他成了美国驻格拉斯哥领事，而杰克只是一个养牡蛎的海盗、违法偷猎的罪犯、十足的豺狼之子……约瑟夫与直率爽朗、晒得黝黑的杰克就是这么认识的，后来这段关系发展成了友谊，尽管有些奇怪，但这确实促使约瑟夫在不久之后踏上前往俄国的旅程。

事情是这样的，约瑟夫很早就想创办自己的事业了，但他又不能离开医院自己开个诊所，因为这需要很大一笔资金。而且他当医生早就当腻了。他一直是个有着人文追求的人，学医完全是迫于家庭压力罢了。

他们在斯特雷勒茨基家的某次晚会上聊天。杰克教约瑟夫制作 Bloody Mary [1]，一种很新潮的鸡尾酒，这是从纽约传过来的靡靡之风——要把伏特加沿着刀刃缓缓倒入番茄汁下面，要达到酒精和果汁不会混合的效果，这样就能先喝下一大口伏特加，再就着一口果汁。约瑟夫平时只喝法国产的加利福尼亚式红葡萄酒，但还是拗不过这位海盗的坚持，他还真有点

---

[1] 英文，意为"血腥玛丽"。血腥玛丽是一个民间传说的主人公，是漆黑深夜的童子军集营帐篷里大家低声讨论的故事人物之一。传说她会出现在镜子里，倘若你和她四目相对，她就会把你的眼睛挖出来。以她命名的鸡尾酒大概是伦敦的公子哥儿们叫出来的，游手好闲的纨绔子弟都很喜欢这个恐怖的传说。

像加里波第。他们嘬光了鸡尾酒，杰克说他 has got an idea [1]：约瑟夫从事出版业怎么样？杰克·L 可以把自己小说的所有俄语译本版权都让给他，就是全都送给他。杰克很希望可爱的俄罗斯人民都能知道他的小说，之后还为契诃夫干了一杯。

不过，约瑟夫之所以匆忙前往欧洲，还有另外的原因。斯特雷勒茨基家的那位妹妹似乎马上要爱上他了，而且并没打算藏着掖着。就连那位恶心的戈沙·赫兹都发现了这一点，他眨着眼，咂着嘴说："我们的小玛尔塔可是迷上您了啊。"

这怎么能发现不了呢！听说他要来，玛尔塔疯笑得眼泪都出来了，胡乱抓起桌上装酒的高脚杯，在她母亲的尖叫声中一小口一小口地连着把每个杯子里的酒都喝了一遍，接着打了个响亮的饱嗝，大声喊着"医生今天最后一定能吻到我的"，虽然约瑟夫显然并没有什么亲吻的想法，也更没要求过这个。

自从约瑟夫不再出现在她们家之后，最近的一个小细节就是，埃利亚斯大叔开始像称呼家人一样称呼约瑟夫——"奥夏" [2]。但约瑟夫偶然听说的更加糟糕，他们私底下都叫他："我们的奥夏"。看起来，这个有着两位待嫁闺女的家庭心知肚明的打算已经成熟了。安娜已经和杰克·L 有了婚约①，他虽说只是个作家，但未来大有可为，他可是曾经受邀参加过市长

---

[1]　英文，意为"有个想法"。

[2]　约瑟夫的小名。

①　杰克·L 最终还是没有娶安娜·斯特雷勒茨卡娅。他很快就成了一个有钱寡妇的丈夫，她是个加利福尼亚上流社会的贵妇，比他大几岁。安娜则嫁给了一位有名的美国记者，他们后来一同走遍了革命中的俄国。

的宴请。而这位讨人喜欢的医生，难道有哪里配不上妹妹玛尔塔吗？虽然是个波兰人，但他完全是一个品行端正的上流正派青年，在受人尊崇的医院里有一份好工作，也就是说，他跟埃利亚斯·斯特雷勒茨基这位药商还算得上是半个同行了。

此外，还有报纸上拖延了很久才报道的消息，说马提尼克岛火山爆发造成了一系列影响。

约瑟夫买了去纽约的火车票，他决定临行前四处逛逛，去那些他喜欢的地方。

他绕过市郊，去了完全碰不上盎格鲁-撒克逊白种美国人的街区，他一个孤身独行的外国佬，还是不敢去那些人的地盘的。这边的居民还是理所当然地把他当成了外国人，他们把他当成了欧洲人，不过他本来就是欧洲人。更准确地说，他们把他当成了德国人，因为从他跟一个活泼漂亮的墨西哥女郎说话的时候就能看出来。不过，那个墨西哥女郎除了德国，压根就不知道别的欧洲国家，就连她知道德国都是因为前几天有个德国人到过她那里。

这里的大多数楼房都是一层平房，建在一小块狭窄的土地上，墙壁是棕褐色的，铺着薄板条，壁龛上的窗户污蒙蒙的。每一家的台阶上都低垂着遮棚。街上一棵树都没有。这里住着一些渔民和罐头厂的工人，小孩子在尘土里爬来爬去，皮肤黝黑的老妈子们则坐在台阶上，全神贯注却闷闷不乐地盯着这个穿着白色套装、戴着考究的狭边草帽的外地客。但是没有一个人喊他停下。

约瑟夫继续走着，四周出现了一些小茅舍，院子里长满了高高的杂草。在这些繁茂植物的荫翳下，铝制桶身发出亮白色的光，显现出一个大玻璃杯折射过来的太阳光斑，杯子是三加仑的，已经旧得没法再用了。住在这里的人叫自己"百莎诺"[1]。如果走运的话，还能听到他们聊天，约瑟夫从他们洪亮的西班牙语辱骂声中扩充了自己的词汇量：chinga tu madre, piojo，还有 pon un condo a la cabeza[2]。住在这里的这些"老乡亲"应该有一部分西班牙血统，还混杂着印第安和墨西哥血统。不过，在国籍问题上他们总是用自己特殊而响亮的语言，混着英语和墨西哥语解释说，他们是纯种西班牙人。

约瑟夫后来在俄罗斯还知道了一个词"苏尔日克语"[3]——就是住在乌克兰、白俄罗斯和俄罗斯接壤地区的斯拉夫人说的方言。在基辅，夏末的时候进货场里给驳船装载西瓜的装卸雇工说的也是苏尔日克语。以约瑟夫后来的推想来看，这个概念也完全适用于"百莎诺"的方言。

不过，那时候他对语言学当然不感兴趣。

他意识到自己这次实属轻率之举。他在欧洲举目无亲，无人等候。从学生时代起他就对侨民环境了解颇深。而且让他感到可怕的是，他的周围将挤满一群游手好闲的空谈家，还有巴黎街边亚麻布篷下的小饭桌上夸夸其谈的大嘴巴。或是在维也

---

　　[1] 西班牙语音译，意为"乡亲、百姓"。
　　[2] 西班牙语脏话，此处作者建议不作翻译。
　　[3] 俄语原意为"与黑麦混合播种的小麦"，此处代指多民族混合居住地语言。

纳咖啡馆吃着肉饼和水果卷，大理石桌上放着一杯自来水，还有那些压抑着流放乡愁的苦命人。

杰克是对的，因为他真诚地觉得他的这位医生朋友是俄罗斯人，他就应该去俄罗斯。杰克甚至还建议他买件毛皮大衣。

"最好买加拿大的狗皮大衣，"杰克一副很懂行的样子，一本正经地说，"当然，狗皮大衣很重，但经得住最严酷的寒冬，而且还很结实。"

"你想让英国人都把我当成挖金矿的美国佬吗?"约瑟夫笑起来。

"多体面的职业啊。"杰克低声嘟囔着，过了一会儿也笑起来。

约瑟夫并没有去过真正的俄罗斯本土。当然，他去过敖德萨，他还可耻地在那里的耶稣会读过书，还因为亵渎神灵的越轨之举被驱逐出校；还有克列缅丘克，他在那里最终还是读完了古典中学，当时克列缅丘克也被认为是俄罗斯城市，虽然它实际在乌克兰领土范围内。但他当然要去彼得堡，或者去莫斯科——事实后来的确就是这么发展的。"计划赶不上变化。"就像戈沙·赫兹说的那样……

只有当你精力充沛，还是自由身的时候，才能如此鲁莽行事。如果你流着波兰人的血，却受着意大利人的教育，那你就要相信命运。Bisognacrederci per riuscirci! [1]

顺便说一句，约瑟夫在莫斯科还是给自己买了一件毛皮大衣，和杰克建议的差不多，是狼皮的。因为对于约瑟夫这个南方人来说，俄罗斯的冬天实在是凶残至极。他在给杰克寄的明

---

[1] 意大利语，意为"必须信命，才能成事!"

信片里写了此事，但并没有收到回信。或许杰克已经忘记了上次的谈话，就如他已记不起这个俄罗斯医生一般。

这一次，普拉维德尼科夫把话题引到了社会主义上来。好吧，其实约瑟夫已经准备好跟这位晦气的肃反工作员分享自己的心得体会了。不晓得这位侦查员先生知不知道——约瑟夫始终坚持不使用"同志"一词，因为这是普希金诗里的美好词汇，尼娜以前非常钟爱普希金——不晓得他知不知道现代历史上的一个社会主义实验。在这个问题上，这位先生大概一无所知。

"在离阿根廷的拉普拉塔河入海口不远处，"约瑟夫说着，"在那片热带雨林里，有一个耶稣会传教士在上世纪初建立了一个类似于社会主义法伦斯泰尔[1]的印第安部落，就是一个小王国。值得注意的是，在布尔什维克和那部曾经很出名但现在已经被禁的小说①出现很久以前，那里就实现了财产社会化，人们在公共饭桌上吃饭，按分配进行性生活，孩子也接受集体制教育，他们永远无法清楚地知道，同族人里谁才是他们的父母。更准确地说，那些残留下的少部分东西是人类自古以来就有的，如果还算上对于私吞公款、行贿受贿的纯亚洲式追求的话……"

"那个党叫什么名字？"普拉维德尼科夫打断他的话。要知道他可是从来不打断犯人说话的，这大概说明，约瑟夫的话给

[1]　傅立叶空想社会主义中工农结合的社会基层组织。
①　约瑟夫指的多半是叶甫盖尼·扎米亚金的早期长篇小说《我们》(1918)。

了他强烈一击。

"有什么意义吗？就算他们有过这么一个党，那也是唯一的一个党，也就是说，他们根本不需要取名字。重要的是另一件事，这个小王国改名成了修道院，也就是说那位叫作弗朗西亚医生①的创始人兼独裁者很清楚，他统治的法伦斯泰尔和修道院有且只有同样一条规则，那就是每一个生活在这里的人，都要完完全全、永永远远地放弃个性人格和自由意志。"

"那现在这个王国怎么样了？"普拉维德尼科夫问。

"早就没了。它总共存在了十年，直到所有国民都因为饥饿和疾病相继死去。在任何一个所有人像兽群一样群聚喝水，走路排成一队，唱大合唱，友好地站起来鼓掌欢迎首长的社会，他们的后代都会挨饿，直至灭绝②。这样的社会是停滞不前的，是无法进步的，改革根本无法推动它发展。这只不过是因为要想改革就得更换领导人。这就像在东方国家一样，他们认为人民是为他们而生的，而不是他们为人民而生。他们想尽办法都要维持既定的秩序，他们自己都不会再被谁需要了，因为人民会充分利用哪怕只有一星半点的机会来摆脱他们。因此他们觉得实行王位世袭制是合理的，就像在古埃及或者更近一点的拜占庭一样，这给予他们的独裁专制以合理性和合法性的假象。不过，他们应该也生不出什么人民来吧。"

"这不是真的，"着了魔般的普拉维德尼科夫突然清醒过

---

① 科学院院士塔尔列对这位弗朗西亚医生是这么描述的：这个奇怪的人看待宗教时是伏尔泰式的，看待自由时却是耶稣教徒式的。

② 约瑟夫高估了拖拉成性的俄罗斯，而且还弄错了时代：苏联制度垮台花的时间不是二十五年，而是比半个世纪更久。

来，好吧，他确实从来没有听过如此简明易懂的见解，于是突然愤怒地大叫一声，眼中再次噙满了泪水，"你们……你们就是压迫劳动者的有闲阶级！"

"Du, armes Kind, was hat man dir gethan."[1]约瑟夫低声说道。

"听不懂。"侦查员回了一句。

他铁质的单人铺平稳地微微摇晃……

有一天在"维多利亚女王号"的甲板上，大概是在航行的第二周，一位优雅的德国女士找他问了一个无关紧要的问题，大概只是想跟他交谈一番。她戴着一顶黑色女帽，从里面露出一些湿麦秸颜色的头发。德国女士抽着一支插在长长的琥珀烟嘴儿上的土耳其细雪茄。这是他这个乡巴佬理解不了的讯号。这个讯号表明，约瑟夫即将前往的这个欧洲，已经被有气无力的艺术装饰风格席卷了。就算他懂这个标志是什么意思，他估计也会把这位刚认识的女士跟图卢兹-罗特列克[2]宣传画上的女人做比较。但法国的现代派艺术还没在穷乡僻壤的加利福尼亚时兴起来，尽管其实是因为那里的人对它根本一无所知。

她叫艾尔莎，很快约瑟夫就知道了，原来自己有幸认识了瑞士驻美大使馆首席顾问的妻子。他们走到船尾，看着漆黑的海面，船身拖出一道如沸水般的白色泡沫，他们呼吸着夜晚墨

---

[1] 德语，意为"可怜的孩子啊，该拿你如何是好"，出自歌德的《迷娘曲》（"你可知道有个地方……"）一诗。

[2] 亨利·图卢兹-罗特列克（1864—1901），法国贵族，后印象派画家，近代海报设计与石版画艺术先驱。

西哥暖流里咸咸的空气。约瑟夫邀请她去餐厅，不过，是应她的请求，因为她推说外面太凉了，虽然她身上穿着水貂皮大氅。他们在餐厅里各喝了一杯香槟，她把大氅随意地脱下来，她的香肩就像上流社交小说里写的那样：令人目眩。是的，毫无疑问，她是那么美丽、匀称、柔和，虽然已处于所谓的巴尔扎克小说女主人公的年纪[1]。他又给她点了一杯酒，头脑开始晕眩起来。

他把她跟自己的妻子索菲娅做了做比较。那段记忆并不愉快，因此这种比较对索菲娅来说很吃亏。幸好在俄罗斯他不必和妻子离婚，他们没有举行结婚典礼，而在日内瓦市政厅的登记只是个形式而已，这段关系在东正教的俄罗斯并不算数。他对于官方文件和官僚形式主义的轻视态度让他在今后的生活里付出了巨大的代价。简单来说，他在苏联为此丢掉了性命。

艾尔莎死死地注视着他，毫不拘礼，这也让她发现，原来约瑟夫长了一张很好看的迷人脸庞，nice and attractive[2]。这样的恭维如果从他口中说出来恐怕比她说更适合。但他当然还是为这个举止风雅、阅历丰富的女士喜欢自己而感到高兴。她跟他说话的时候温和体贴，几近温柔，约瑟夫把这归因于她的年长。她大概比他大八到十岁，可能还更多些，细看她的手就会发现，那是一双成熟女人的手。她还问他去英格兰是要办什么事，醉醺醺的约瑟夫很乐意告诉她关于导师的事情，那个

---

[1] 指三十至四十岁。
[2] 英文，意为"好看又迷人"。

他一直期待见上一面的导师。

　　如果在俄罗斯，大家肯定会说：他又在瞎扯了。不过，艾尔莎受过很好的教育，而且她的外交素养使她要求自己认真倾听。有时候她还会提出一些有针对性的问题，不过多半只是为了表现她对他说的很感兴趣，鼓励他说下去。当约瑟夫刚一提到公爵是留里克王朝第三十代后人，他发现她并不是很懂，于是向她解释了谁是留里克。"在俄罗斯就相当于你们的亚伯拉罕。"她这才听明白。

　　公爵的叛逆倾向从少年时期就已根植。十五岁的时候，他经过皇帝尼古拉·巴甫洛维奇的准许成了贵胄军官学校的学生，后来逃出去跟哥哥一起在剧院看芭蕾舞女演员范妮·埃尔斯特的演出。

　　"他哥哥后来是不是娶了个女演员？"艾尔莎感兴趣似的问道，很是纯洁无害。

　　"您怎么知道的？"约瑟夫大吃一惊，"他娶了当时很有名的西蒙诺娃。"

　　"好吧，所有王子在少年时期都想娶女演员。不过对于王朝宫廷来说幸运的是，他们一般都娶不到。不过请您继续说……"

　　约瑟夫说，现在公爵在英格兰赫赫有名，他在很年轻的时候就拒绝了御前大臣的差事，在贵胄军官学校的时候他因为太过热衷于戏剧被关进了单人禁闭室，为了解闷他在那里学会了骂脏话和学狼叫，教官们觉得在单人禁闭室骂脏话的公爵特别像举止怪异的囚犯，所以趁他还没完全丧失理智，就把他当作表现最好的学生给放了。

"真有意思。"对方笑着评价道,看起来似乎很欣赏眼前这个热血青年。

"他后来成了旅行家、地图专家和自然科学家。他写的关于冰川的书有着革命性的意义,成为冰川学的开端。他强烈支持欧洲统一联邦的理论,他也是第一个注意到人脑结构和宇宙结构几乎完全一致的人。他还骑着马去西伯利亚跑了个来回……"

"也就是说他把自己给流放了?"这个德国女人不确定地问道。

"可以这么说吧,"约瑟夫已经激动了起来,"比起上流社会琐碎的陈规虚礼,他更看重自由的可贵!人们都说他是天生的公爵,他后来还参与了革命……"

"好吧,很多年轻贵族都是这样的。他们爱冒险,歌德年轻的时候是这样的,拜伦勋爵也是。"她点燃了自己的土耳其香烟,"这挺好理解的……"

"是的,十二月党人里面就有七个公爵,两个还是三个伯爵,好些个男爵,还有五个将军,一百个上校。"他接着热血沸腾起来①,"但顺便说一句,'无政府主义'这个词最先出现在档案里,就是因为公爵所投身的事业。"

"这么说这是他对俄罗斯词汇学做出的贡献?"她狡黠地问

①　这时候约瑟夫正谈到情感热切激动处,差点就要爆出几句粗口。当然了,不是在十二月党人中,而是在他们与此事相关的熟人中,的的确确有七个公爵、两个伯爵、三个男爵、两个将军、二十三个上校。

道，大概是这个年轻同行者的讲述把她给逗乐了。

"他被关进了俄罗斯帝国最可怕的监狱——彼得保罗要塞。他在要塞的单人囚室里患了伤风，就被送到了尼古拉军医院的监狱分院，他在阿波利纳里·孔茨基的马祖卡舞曲声中从那里逃了出来——对面的房子演奏着小提琴曲，而这就是逃跑的信号……"

她笑了起来。

"就是这样的，小提琴的声音就是暗号，那时候会有农民推着运柴的马车开向军医院的大门……"

她鼓起掌来，说：

"行了，行了，这太有意思了！我笑得都要哭了，我眼睛里有什么东西……快把我送回我的房间吧。"

她走在他前头，微微弓起的背脊从长长的晚礼服开口处露出来，仿佛在闪闪发光。

"请进吧。"她几乎不算是在询问，而是在邀请。

约瑟夫踌躇起来，显得有些难为情，于是祝她晚安。她用疑惑不解的眼神看着他。他无法向她解释，他并没有逗寂寞无聊的陌生上流贵妇开心的习惯，也不想发展什么一夜风流的韵事，但这些他都只能自己在心里说。坦率地讲，他当时真是窘困到了极点，因为他其实非常喜欢她，只不过是胆怯又害怕罢了。约瑟夫向她告辞之后就离开了。

第二天约瑟夫没有去甲板上，艾尔莎也不知所踪。直到好几天之后他才看见她在和一个正在抽烟的头发花白的高大绅士聊天。约瑟夫向他们鞠躬致意，他们只是漫不经心地点了点头。他的身体后来甚至开始紊乱失调，以前他可从来没这样过。之后他开始故意穿过走廊经过她的房间，但她从来没有出现过。只有一次房门微微打开，一个年轻的侍者头发蓬乱地从她房里溜出来，但他手上却根本没拿托盘……

约瑟夫现在在囚房里嘲笑着自己年少无知的踟蹰，他还饶有兴味地回想起了《情感教育》最后一页里的话。身为单身汉的男主人公们最终还是打算去一次邻市的妓院，但正好碰上休息日，妓院关门了。在后来的漫长岁月中，他们却还是会津津有味地回想起这次难忘的冒险经历。

离开纽约差不多一个月之后，船已驶离三千五百英里远，"维多利亚女王号"已经到达了位于利物浦的科堡船坞，次日早晨约瑟夫就能从这儿前往伦敦，还得操心行李搬运的事情。之后他要从那里乘船前往奥斯陆，再走陆路去克里斯蒂安尼亚。或许他并不知道，他几乎完全复制了公爵很多年前离开俄罗斯的路线，只不过方向相反而已。

而在伦敦等着他的却是最痛苦的失望。他一开始从欧洲，后来从美国给导师写信的收信地址，公爵根本不住在那儿。公爵只能在离海德公园几条街远的办事处旁边租了一个狭窄的格子间，里面坐着一个样子不太和善的姑娘，她看起来像是移民的俄罗斯犹太人。她说，她没有义务为到访者提供主人的常住地址，因为主人公务十分繁忙。约瑟夫还请求联系他的助理，助理也说公爵至少要一个月后才能回伦敦。

约瑟夫相信，导师一定会接见他的。后来他才知道，公爵在伦敦哈罗郊区租了一个半居室。他在那里亲手做家具，因为他很喜欢木工艺术，他还开辟出了一块菜园，甚至还建了一个葡萄园和自造的暖窖。这些都写在公爵回复约瑟夫的信里，约瑟夫在办事处匆匆忙忙地草草写下了那封信。信件如下：

> 仁慈善良的彼得·阿列克谢维奇公爵：
>
> 我刚刚从美国到达伦敦，今晚就要乘船离开欧洲，我并不想在欧洲久留，因为不想跟那些在欧洲混日子的移民者混在一起。但可惜的是，我没来得及去您的乡间幽居拜访您①。我想带上一些医疗器材去俄罗斯，我会在那里给您写信细说的。我打算在莫斯科开一家 X 光检查室，现代外科医疗离不开它。我还想说的是，您的名望如今在美国已经积累下了一定的基础，那些在加利福尼亚的少数俄罗斯社会主义人士都已久仰您的大名。不过遗憾的是，他们歪曲地理解了无政府主义学说，但我相信，您二十年前根据无政府主义学说原理所写出的杰出作品，在今天依然能够影响并感染他们的心。
>
> 您永远的约瑟夫·M

约瑟夫到达了彼得堡，但并没有在那里久留。这个据说是欧洲城市的地方，让他觉得好像阿姆斯特丹的仿制品。出海口的埃及狮身人面像仿造痕迹太过明显，还有一些希腊人形柱、

---

① 目睹者的证词是这样的：克鲁泡特金的宅子很像挪亚方舟，因为里面什么人都有——俄罗斯的移民革命者、从南非来的西班牙无政府主义者、从澳大利亚来的英国农场主、公社议院的激进派议员、苏格兰的长老宗牧师、从德国来的知名学者、彼得堡的自由派杜马成员、沙皇军队里威武的将军——公爵每逢礼拜天都会接待他们……他们讨论即将到来的 20 世纪将面临的问题。很多人都预感到震荡将至。

意大利式圆形穹顶、德国式建筑尖顶、拜占庭式金色十字架上的芬兰寒鸦，简直让人觉得不可思议。这里白夜降临，穷人受难，铅色的涅瓦河水仿佛要凝固成铁，涅瓦大街上的法国甜品店的橱窗却令人目眩。这就是这个半亚洲帝国面向欧洲的折中主义式豪华门面。

他转移去了温厚安详的莫斯科。听说那里连钟声都是悦耳动听的。在过去的宫廷年代里，那里几乎没有发生过任何决斗，喜欢开枪决斗的人大多都在那因循守旧、几近病态的彼得堡。

他有一封呈给一位姓莫洛霍维茨的莫斯科医生的推荐信，这位医生主要研究肺病，很久以前还去加利福尼亚实习过。除此之外，约瑟夫偶然从别人那里听说过，在莫斯科好像连一间X光检查室都没有……

最终，普拉维德尼科夫的问题还是落到了公爵这里来。

看起来，肃反工作员从他在涅姆契诺夫斯克的别墅里搜查出了两三封年代久远的、从伦敦寄来的明信片，日期是 1917 年 1 月至 2 月，而主要的档案都在别处。最令人吃惊的是，内务部人民委员会竟然无法查明寄信人的姓名，因为公爵在明信片末尾没有签名，而是写了一个标记，有点像共济会的徽章①。

总之，肃反工作员做事马马虎虎，只把印刷品搜查出来

---

① 公爵对共济会很感兴趣，也抱有好感。有相关证明说明，他似乎认为俄国革命运动如果与共济会联系起来，将是一件益事。或许他是想借此表达，共济会成员都是十分出色的地下工作者，可以把经验教给革命者，还可以教会他们纪律性，这一点是社会主义者身上所匮乏的，更不用说无政府主义者了。

了，却把约瑟夫用意大利语写的手稿给漏了。首先就包括约瑟夫的日记，还有一些文件的法语摘录，这些文件是约瑟夫为了他准备在苏联出版的关于丹东[1]的书而写的。这多半是因为他们懒得翻译外文。不过他们把墙上的普希金石印画像拿走了，记录上是这么写的：脸上长毛的不知名黑人。

"你们见过多少次面？"侦查员问。

"一次都没有。"

"怎么会呢？"

约瑟夫说，他在伦敦没有碰见公爵。而等到公爵在1917年春天回到莫斯科的时候，约瑟夫却已经在乌克兰了。他心里苦楚地想到，公爵也是这样，一生都没有和巴枯宁见上一面。在西伯利亚被流放的时候他就没有见到巴枯宁，因为巴枯宁正好在公爵到达那里的一个月前就逃跑了。而等公爵到达日内瓦，巴枯宁却已去世三个星期了。

普拉维德尼科夫要求他再详细说说有关导师的事情。约瑟夫就开始向他复述1921年的众多报纸上的悼念文章中未曾提及的事情。

公爵在上世纪初迷上了一种学说，他称其为生物社会学。通过许多案例证明，达尔文物竞天择的进化理论和洛伦兹关于万物生来就具有攻击性的理论一样，都是错的。一切生物都生来具有道德。对于进化来说，所有生命有机体之间的互相帮助

---

[1]　丹东（1759—1794），法国大革命时期活动家。

才是最重要的。他在这个问题上的成果叫作——Mutial aid as factor of evolution[1]。公爵举了动物世界相互协作的许多例子：不同种类的动物共同饮水，老鹰和狮子共同进食，迁徙时的互相协作——比如说在象群中就存在，还有鸟类的集体迁徙，或是"隐居者"螃蟹的迁居，最后，还有蚂蚁建冢、蜜蜂建巢时的团队协作……①

"我不是要你给我上生物课。"普拉维德尼科夫打断道，这次他打断得毫不客气，"你还是说说，为什么你这么一位忠心耿耿的门生，竟然都没去他的葬礼？"

约瑟夫其实去了，他几乎就是在公爵葬礼那天到达了莫斯科。但普拉维德尼科夫没必要知道这些②。

"很遗憾，我没去成。我当时待在沃伦州的游击队里。"

"你们当时在跟谁打仗？"

"当然是跟布尔什维克人啊，不然还能有谁！"他略带幼稚地解释道。

后来约瑟夫回想起自己在莫斯科两次大革命之间风起云

---

[1] 英文，意为"作为进化因素的互相帮助"，此处指克鲁泡特金公爵的著作《互助论》。

① 约瑟夫讲述了公爵的理论，这个理论完全可以称作协同论的先驱。这一门现代学科观察研究了大量对象行为的相干性，也就是同步性，不仅举了物理学、化学的大量案例，还有生物学甚至社会学的例子。由此，因在开放性系统中的自组织这一领域所做的研究而获得诺贝尔奖的俄裔比利时人伊里亚·普里戈津是有着相当牢靠的先行者的。

② 公爵的灵柩放在劳动宫圆柱大厅里，也就是以前的宫廷会议厅，五岁时他曾在那里受过沙皇的责罚。当出殡队列沿着普列契斯坚卡大街向新圣女修道院行进时，托尔斯泰伯爵的半身像从他位于哈莫夫尼卡的旧居中被搬了出来。

涌、歇斯底里的那些岁月。那些家境殷实的知识分子——不过当时不少商人也把自己算作这类人——朗诵谢韦里亚宁的诗，再一通狂饮。他们在"艾尔米塔什"开始这个活动，把它叫作"聆听夏里亚宾"，人们挤坐在装饰着白花纹的天花板下，尽管夏里亚宾在这个带楼座的二流小酒馆里只表演过寥寥几次①。而后他们在特鲁布纳亚广场乘马车疾驰到特维尔大街，那儿有吉卜赛人开的小饭馆。他们把香槟一饮而尽，为即将来临的流血革命而大声叫喊，哭泣，互相搏斗，砸碎玻璃……

在莫斯科举目无亲的约瑟夫，带着点外国口音跟马车夫说自己要去尼古拉耶夫火车站，让马车夫带他去个高档点的酒店。车夫选了救世主大教堂附近的"公爵庭院"，但在那儿被臭虫咬得不行的约瑟夫只待了一个晚上就搬到了特维尔大街上的罗斯库特纳亚酒店。他天真地希望，或许离克里姆林宫远一些，那些讨厌的小虫子身上的嗜血暴性会稍稍减弱些。

酒店茶房殷勤周到地接待了他，这个酒店价格高昂，费劲地弄了些大排场，比上一个酒店富丽堂皇得多。大概是为了做个额外广告，在他们穿过大厅的时候，茶房指向一位蓄着胡须、戴着帽子的先生——似乎他还喝得有点醉，对约瑟夫低声说这是位名作家②。茶房补充说，他写一些《圣经》题材的作品。这位长发作家简直活像是个俄罗斯主教。

---

① 叙述者或许是由于谦虚而没有提及，这个小酒馆后来被改建成了剧院，八十多年后在这座剧院的大厅里举行了他第一部话剧的首演。同时，这也向我们证明，历史总是相关联的。
② 从种种特征来看，这是列昂尼德·安德烈耶夫，他时常从彼得堡到莫斯科来短住，最常住的就是这个酒店。

"是吗?"约瑟夫惊讶得很是漫不经心,"我觉得《圣经》里已经把一切都说得详尽无遗了……您可否建议一下,哪里可以吃午饭?"

"坐车去'阿尔卑斯玫瑰'吧,挺近的,就在索菲卡大街那里,很高档的。Alpen Rose,所有马车夫都知道。"

这个头脑简单的人以为,外国人就应该喜欢有外国特色的东西。不,他吩咐马车夫带他去"斯拉夫市集",当然这有一部分是因为受到了史蒂夫·奥勃朗斯基[1]的提点。他已经预先想象好,他要点一份鲟鱼肉露馅饼,用筛面烤的一对白面包,上面撒满压实的鱼子酱,还要一杯冰香槟,他不会点 Dom Perignon 干型香槟,这是为了我们的上流新贵们着想……

某种以前从未有过的勇猛又豪放的气场正支配着他。莫斯科令他如此激动不安。他突然感觉到,似乎他就是个俄罗斯人。这意想不到的改变,奇怪的预感,还有尚不明晰的希望……这一切的一切都发生在这个年轻的旅行者身上。一瞬间约瑟夫仿佛感觉到,就是在这个地方,在这古老的莫斯科,他马上就会变成一个幸福的人。

普拉维德尼科夫又一次提起了关于俄罗斯的话题。他说:"只要您,约瑟夫·阿尔宾诺维奇来过俄罗斯,那么您就会爱上我们这个国家。"

约瑟夫被这个"我们"给激怒了。他在莫斯科已经住了三

---

[1] 列夫·托尔斯泰长篇小说《安娜·卡列尼娜》中的人物,小说中他曾在"斯拉夫市集"餐厅招待列文。

十年了，这个国家不单单是契卡分子的，还是他的。另外，扪心自问，约瑟夫并不爱俄罗斯，他一直思念着欧洲，更不用说他现在有多么无法忍受当下的俄罗斯。但他还是开始绕着弯子说："俄罗斯对我来说神秘莫测，俄罗斯人也是。"

"就是这么回事。那是为什么呢？不过，您不是第一个这么说的了，旁人是很难理解俄罗斯的。"

"是啊，很多时候也很难理解俄罗斯人。"

"为什么呢？"普拉维德尼科夫有些自负地讪笑着，操着一口贵妇式的口吻，二流沙龙的老板娘经常就是用这种语气跟客人说话的，试图显得自己上流高雅，但很少有傻里傻气的同志这么说话。

"呃，"约瑟夫迟疑了一会儿，就算是跟这个肃反工作员说话的时候他都保持着温和委婉的态度，"呃，比方说，俄罗斯人有不少口头禅，审慎理性点的欧洲人都会觉得这些话挺愚蠢的。"

"比如？"

"比如，就说福马·福米奇说的民谚吧：捉跳蚤的时候要耐心。"

"确实要啊，"侦查员略微有些生硬地说，"不过，福马·福米奇是谁？"

"奥皮斯金[1]，一个文学人物……还有很多外国人觉得不合常理的怪癖。我至今都没弄懂，为什么生活在地狱般煎熬的

---

[1] 陀思妥耶夫斯基 19 世纪 60 年代的作品《斯捷潘契科沃村和它的居民》里的主人公。

严寒中的俄罗斯人要喝冰的伏特加。行吧，就算美国人也是这样，不管吃什么都要加冰，但是美国大部分地区其实都不是很冷。但对于俄罗斯人而言，伏特加根本就应该加热了喝啊，像日本人给捞鱼网预热一样。还有一个现象很莫名其妙，如果不小心弄掉了面包片，俄罗斯人不是把它拿去喂狗，而是把它从地上捡起来吹干净，嘴里还要说着'不干不净，吃了没病'，然后继续拿来吃。而且这么做的还不是那些节俭的农民，他们吃不起这些夹着闪光鲟鱼肉和熏火腿的面包片，这么做的几乎全是有钱人……还有一点，我怎么都习惯不了，在俄罗斯做客居然不能准时到，准时到是给主人难堪。还有女主人也必定是披头散发出现的，迟到一小时是举止风雅的表现，几乎都能算上阔气、有派头了……不过，当然，这些事情都没关系，不要紧……"

"怎么，难道你们那儿的人，"侦查员提高了嗓门说，"都不迟到的？"

"呃，可能十分钟的样子吧……"约瑟夫想了想，开始说另一件事，"但是俄语真是很美啊！"

"那当然，我们知道你们对我们的语言感兴趣。"

天呐，"我们"这个词又来了，这个普拉维德尼科夫就跟那个酒店茶房一模一样。现在他说着："阁下，在下正洗耳恭听。"

"也有你们不知道的。你们好像搜刮了我的笔记本，搜刮走了，对吧？"

"是没收，约瑟夫·阿尔宾诺维奇，"普拉维德尼科夫用教训人的口气纠正道,"没收!①"

我现在就引用一下这些笔记的片段,这些笔记很侥幸地被外祖母保存了下来。

"逛婚礼"(гулять свадьбу)(俗)——正是这样,不是"在婚礼上饮酒纵乐",也不是"把婚礼当作节日一样庆祝";看来这个搭配和"张罗婚事"(справить свадьбу)的意思差不多。

"骗子手"(прощелыга)——这个词要学会一个音节一个音节地念。

"一命呜呼"(карачун)和"暴病而亡"(кондрашка),后者是从孔德拉季这个名字引申而来的,是吗?

"脚底抹油"(сбрызнуть),"一跃而起"(соскочить),这两个词可能是盗贼的黑话,意思是躲起来、逃走。

"小山羊"(козюлька)是一种蜜糖饼。那么现在就能搞清楚"不能把臭狗屎变成小山羊"(из говна козюльки не сделаешь)这

---

① 上世纪 80 年代中期,叙述者在搜查中除了这些以外,还被没收了记录市民俚语的笔记本。这个笔记本他用了很多年,从少年时期就开始了。笔记按主题分成了几个小章节:妓女篇,出租车司机篇,警察篇,倒卖外货小贩篇,等等。后来卢比扬卡出版了一本公务用的小词典。很难确认这是不是剽窃品,但其中的许多表达方式和解读都与犯人的笔记一字不差。

种说法是怎么回事了。

波兰脏话"死瘟神"（холера ясная）一词在俄罗斯有同样的表达——"可怕的瘟疫"（чума страшная）。

"囫囵吞枣"（верхогляд）一词很迷人，而"花花公子"（вертопрах）则让人捉摸不透。

乌克兰人说"рыбалить"，而不是"рыбачить"，这是种很独特的辅音转换。

"Кобениться"是固执己见的意思，但"выкобениться"则是显摆的意思。语言的雕刻术真是神奇，仅仅是改了一个小小的前缀而已……但不清楚词根是什么，可能是"кобель"（公狗）吧。

"古查马拉"（куча－мала），这大概是一种农村街头游戏的叫法。

"拍南瓜"（дать в тыкву），"打手鼓"（дать в бубен）。语言之塔真是变化莫测。

"Fuck"有一个令人惊讶的同义词列。俄语里即便是最无辜不过的日常动词都能用来指代交配动作："煎"（жарить），

"蒸"（парить），"搞"（харить），"干"（гонять）……完成体动词就更多了："吹"（вдуть），"刺"（засадить），"套"（нанялить），"撕"（отодрать）……

"混乱"（заваруха）一词还有其他一些说法，如"喧嚷"（буча）、"杂乱"（беспорядок）。

"病恹恹"（кукситься）——这个词不同寻常，我弄不清楚它的词语结构。

可以说"任性"（капризулить），也可以说"悠闲"（нежиться）。但是我按照"亲热"（приласкаться）一词造的词"享悠闲"（принежиться）却变成了人们笑话我这个外国人笨口拙舌的由头。

"抱头鼠窜"（шмыгает крыса）和"用鼻子抽气"（шмыгать носом）这两个词组中用的居然是一个动词。有可能这是个同音同形词。

"游手好闲"（валандаться）和"磨洋工"（волынить），我这本1913年版的字典里还没有这两个词。可以从上下文语境猜到词的意思：第一个词，大概是无所事事、瞎扯淡的意思；第二个词，应该是指耽搁、拖延工作吧。

"扇嘴巴"（мордобитие）很机智，但"长得难看的人"
（мордоворот）让人费解。

很奇怪，俄语和乌克兰语里居然没有一个词是表示"砍柴
的木棚"的。塞尔维亚语里似乎是有的，但是我想不起来了。
而且，巴尔干地区的人们认为这个地方是宗教场所，就像俄罗
斯的浴池一样，那里有恶魔藏身。

"规避"（отбояриться）和"占据"（прикарманить），妙不
可言！前者的意思是"逃避，推托"，后者则意为"据为己
有"。

"靴子要喝粥"（сапоги просят каши）[1]，这已经是诗了，
我觉得在字面上和逻辑上都解释不清。而且在英国，靴子也有
可能咧开嘴巴。

"把牙齿放在隔板上"（положить зубы на полку）的意思
是饿了，这个并不是比喻。

"Вымахать"的意思是长大。但"намахать"的意思却是
"劈很多柴火"。顺便说说，"наколоть"这个词还有"欺骗"和
"哄骗"的意思。

---

[1]　俄语，意为"靴子破了，开口了"。

　　"Колбаситься"的词根是"香肠"，它的意思是"玩得痛快"。"куролесить"（恶作剧）的词根是"鸡仔"，这个动词显然有"小鸡仔乱跑"的意思。

　　"Бляха-муха"，"во блин"，"пидор гребаный"[1] 这些感叹词替代了一些感情更强烈的词汇，比如"ё－моё，ёшкин кот"[2]。

　　鲍·尼告诉我，"Ё"这个字母是由卡拉姆津引入俄语字母表里来的，因为他觉得写"слёзы"（眼泪）这个词很困难。他是个感伤主义作家。

　　士兵们常说：现在局势就是这样，妈妈别伤心（мама не горюй）。也就是说，"混乱"（заварушка）也是一个富有表现力的美好词汇。

　　"受诱惑"（повелись на привады）这个动词词组有"受到诱惑"之意。而名词来自"用诱饵引来"（привадить）这个动词，就应该这样理解，也就是"诱惑"的意思。

　　"小市民"（мещанин）——根据字典，这是一个中性的词，即"城市或市镇居民"之意。但在革命前的俄罗斯以及后

---

[1]　以上三词均为俄语中的脏话感叹语。
[2]　这句话在俄语中可以表达任何情感。

来的苏维埃俄罗斯，这个词被赋予强烈的贬义。可能这个词总是能和非政治化联系起来，对于一个欧洲人而言，这是很难解释的。

"你这是哪儿跟哪儿啊"（тудыть тебя растудыть）——这么说礼貌且委婉。

"你会挨训的"（тебе попадет）——不是说什么坏事会落到你头上，而是说你会受到惩罚。

给敌人的祝福："祝你摸不到底，也碰不到盖"（ни дна ни покрышки）。好像可能在老百姓的意识中，不上不下的生活就是某种但丁炼狱式的痛苦。

"松开绳套"（рассупониться），可能词根 супонь（轭绳）是马车用具里的某个零件。

"欢欣鼓舞"（взыграло ретивое），指的是激动，可能是因为看到了"烈马"（ретивые лошади）飞驰。

"Переборщить"，指做事做得太过，过了火，但这个词里的"борщ"（红菜汤）大概并没有什么实质性意义。

"砰的一声响"（бухалово, бухнуть），"缝制"（выпивка），

"喝"（выпить），这些词可能都是模仿"砰"的声音。俄罗斯也是这样表达敲钟声的。

"手提箱心情"（чемоданное настроение，指渴望出门、回家）——好像是这样。我在其他语言里没找到类似的表达。英语里"wanderlust"[1] 这个词在表现力上要逊色不少。

"乱成一锅粥"（заварить кашу），这种俄语表达方式很奇怪，因为用来煮粥的燕麦片不久前才刚刚进入美国市场呢。

鲍里斯·尼古拉耶维奇·莫洛霍维茨外出了。他现在长住在南格鲁吉亚，他在那里管理着一所结核病疗养院。

"这所位于养护圣地阿巴斯图马尼河谷的疗养院，是亲王殿下彼得·格奥尔吉耶夫·奥尔登堡斯基用自己的资金筹建的。"莫洛霍维茨的弟弟尤里·尼古拉耶维奇不无庄重地向这位外国人介绍道，他非常殷勤地接待了约瑟夫。他是工程师，准确地说，是位铁路工程师。约瑟夫非常喜欢他，他们也很快发现对方几乎算是同龄人，尤里比他小两岁左右。

不过，约瑟夫一开始就很喜欢位于阿尔巴特街的这栋崭新的、完全是巴黎风格的熨斗型多户住宅。正大门处的前厅精致敞亮，灯光柔和，淡香怡人，还有许多长势喜人的藤蔓植物盆景。彩绘玻璃门窗被笔直的铜线一截一截间隔开。还有柔软的

---

[1] 英文，意为"旅行癖"。

地毯，紧紧地包裹着清凉的大理石阶。

这里是不需要坐玻璃电梯的，因为房子就在最优楼层二楼的上一层，约瑟夫几乎是一路跑上了楼梯。厚重的柞木大门精致又漂亮，包着皮面，丝毫没有破损的痕迹，只是上面挂着一个写着主人名字的小牌子。房子里也有着非常温馨的家庭气息，主人亲切热情，还有一位长相讨喜又知书达理的夫人，她叫伊丽娜·德米特里耶芙娜，是尤里的嫂子。

在前厅还有一只放在圆轮里的红褐色小松鼠，在不知疲倦地进行着自己永无止境又一成不变的奔跑……

在这趟漫长的旅途中，约瑟夫时常会极度思念起定居生活的轻松舒适，思念那些普通平静却赏心悦目的家具陈设，还有家庭生活的平静悠然……

然而当他到达这座俄国古都的第一时间，有些事情让这一切都堕入了阴霾之中。

首先是他收到了哥哥利奥波德从波兰写来的一封信，这封信是几个月前寄到加利福尼亚，再从那里辗转寄往莫斯科的——他在医院留下了莫洛霍维茨一家的地址。哥哥用波兰语写道，在日梅林卡的新磨坊里，他们的父亲从脚手架上摔下来，意外去世了。哥哥说，大概是因为他喝乌克兰伏特加上了瘾。不久以后母亲也死了，而斯特凡尼娅音信全无。最后还有一句意大利语的附言：约瑟芬姨妈一直在找约瑟夫，他把约瑟夫在莫斯科的地址转寄给了她。而关于自己，利奥波德只字未提。

其次就是，莫斯科当然有 X 光室，仪器还是德国产的，而他的美国仪器实际上正好就是德国设备的仿制品，而且用的还不是最新的构件。不过，他还是在报纸上发了广告，把带过来的那些设备卖了个很好的价钱。

最后就是，俄罗斯两大首都[1]的书摊上都摆满了杰克·L的俄文版小说，都是赶工翻译的版本，相当粗制滥造。他在俄罗斯的受欢迎程度不比在美国的差，有可能还更甚。俄罗斯人对版权这种东西几乎是闻所未闻，杰克那个慷慨的礼物算是毫无用武之地了。

他和尤里·莫洛霍维茨一起待了几乎整整一个晚上，两个人喝着从米亚斯尼茨科亚大街买来的中国浓红茶消磨时间，也聊了很久，不过为了做做样子，他们还不时挪动挪动象棋子。约瑟夫告诉尤里自己想开出版社和印刷社的打算，而且还要在商贸区物色一所方便舒适的房子。出版社的名字他已经选好了——阿黛浓①。尤里非常热切地夸赞了他的想法，并且建议他可以开在清塘或者波克洛夫斯克大门那块区域。他们开始读各种布告，尤里表现出惊人的狂热，好像他马上就要当房东了。不久以后他们就在小哈里托尼耶夫小巷的佩图霍沃楼租了一栋宽敞的房子。

出版社所在地也已物色察看好了，不过交易事宜就要暂时缓一缓了，妥善办好各项手续还得花一段时间。而且房子其实

---

[1]　指莫斯科与圣彼得堡。
①　倘若要从文艺作品出版的方面来评判的话，约瑟夫借用了出版家中的浪漫主义作家希勒格尔兄弟在上上个世纪初出版的文艺杂志的名称——*Athenäum*。

不是很大，印刷机器无论怎样都塞不进去。好吧，约瑟夫只好决定，刚开始的时候只能把预订的货物都分放到别的地方去。

约瑟夫丝毫没有耽搁，马上就搬到了新居去，尤里也殷勤备至地帮了大忙。但每到夜晚时分，这位新住户还是忍受不了独自坐在这所尚未熟悉、空无一人的单身新房里的折磨，一个人前往莫洛霍维茨那个舒适温暖的家。而且那里还有亲切殷勤的伊丽娜·德米特里耶芙娜。

她一直端详打量着约瑟夫，不停地问着这样那样的问题，他没有马上明白这其实不是男女间的好感，而是一种对外国人的强烈好奇，还带着一点小心翼翼，其中也不乏恻隐之心。后来他不止一次地碰到过俄罗斯女人身上的这种奇特的矛盾之处：她们对外国人非常感兴趣，但是暗地里又不把他们当回事，更准确地说是她们可怜他们不明事理，生活适应能力差。她们也是这么怜悯又防备着乞丐的。

尤里则一直表现出一副美国人对他来说不算什么稀罕事的样子，但有件事暴露了他，那就是他全程都在说一些政治话题，似乎是想显得像进步人士，才能不在约瑟夫面前丢脸。

"您知道吗，约瑟夫，"尤里踱着步子说，"为什么帝制维持不了多久？在我们国家已经没有任何一个人还爱戴这个王朝了，连皇帝他自己还有他那个德国皇后都不爱……"

约瑟夫听着，心中一惊。他已然知晓，尤里心目中的英雄是个精明强干的人物——谢尔盖·维特，他是波罗的海德国人，但不知为何出生在第比利斯，比起曾经的克莱因米赫尔伯爵，他为俄国铁路做出的贡献要大得多。不久前他还就任了俄国总理大臣。

"现在维特也是伯爵了。"尤里有些傲慢地说道。

约瑟夫心中再次惊讶于作为知识分子的尤里对爵位封号的迷恋，这在美国民主人士听来简直是令人费解。尤里还说，以后等他结婚生子了，他给儿子取的名字要向这位总理大臣兼改革家谢尔盖致敬，叫谢尔盖·尤里耶维奇。

"还有那些坏透了的粗野术士，"尤里再次感叹起来，"他们居然都有进入皇宫的权利①。还有宫廷里的右派倾向，而且还是最肮脏的、煽动屠杀暴动的右派。他们还尊崇民族主义这种警察宗教。就连政府公报都支持黑色百人团，要知道宫里大概连一个犹太人都看不见。但是又有传闻说，黑色百人团的资金就是斯托雷平本人资助的。"

后来约瑟夫经常能感觉到俄罗斯人这种对政治的奇特迷恋，就连对政治一无所知的技术知识分子也如此。好吧，在那个反动的年代，所有正派人都理应做个自由主义者，期待革命的到来……

不过，在结束了例行政治述评之后，尤里不知怎么地还补充道：鲍里斯就要回来了，他可是我们之中的蒙昧主义者……然后话题就转移到了颓废派的八卦上。似乎这个人文领域的话题对于他来说更近一点——一说到这一领域，他的观点就明晰多了，说话也有意思得多。比如说，他很是庄重地宣告勃洛克在彼得堡发表了新的长诗。还有莫斯科的文艺小组——他压低了声音说——其实是靠着赌场的收入在过活。而在当局关闭了

---

① 根据一些当代人提供的证明，在宫廷女官维鲁博娃向皇后引荐拉斯普京之前，皇后就已经有过多次尝试，想让五六个老修士来治她儿子的病。

的《首都的早晨》的地盘上又出现了一个《清晨》——淡黄色
的报纸页，内容充满了低级趣味。还有什么安德烈·别雷最终
还是回到莫斯科来了，不知是从巴黎还是从非洲[①]……尤里并
没打算解释这个别雷是何许人也。不过，在捕捉到约瑟夫疑惑
不解的眼神之后，他解释道："他是大学数学教授布加耶夫的
儿子，一位显赫一时的杂志编辑，他好像还写诗，他们家住得
离这里不远，就在萨巴奇亚广场那边……"这段话让对面这位
谈话者完全陷入了困惑之中。

还有一次，约瑟夫谈起自己与杰克·L 的相识，尤里说
道："这有什么，我们也有一个非常有名的作家写渔夫题材。"
然后交给约瑟夫一本杂志以供阅读，杂志里有某部长篇小说的
前几个章节——他们正是为此而争论不休。

约瑟夫在书里根本就没发现什么渔夫，倒是找到了不少对
于二流妓院的新闻式的卖力描写[②]。这部小说似乎是以俄国知
识分子的观点为出发点而写成的，这种观点想必是源于法国的
自然派，他们认为一个人命途多舛不应归罪于这个人本身，而
是周遭的环境和生活条件。除此之外，他还觉得书中肤浅又愚
蠢的主角对于英雄救美有种近乎孩童式的执着。更何况，这个
美人本身似乎并没有什么期待被拯救的渴望。

还杂志的时候，约瑟夫无法也不觉得有必要装成很兴奋的
样子，不过还是委婉地指出了一些看法。约瑟夫忽略了一点，

---

① 有可能，这里叙述者故意把年代弄错了：安德烈·别雷和阿霞·屠格涅
娃是 1911 年 2 月结束旅行从埃及回来的。
② 这里说的多半是库普林的长篇小说《亚玛》，这篇小说的前几章于 1908
年出版面世。小说里描写了在整个欧洲久负盛名的基辅妓院。

这位作家还有一个更相近的模仿对象，他是拯救迷失心灵这方面最权威的专家。整个俄国文学长久以来都是靠着这种力求拯救他人于水火的信念而存在着，就算"苦命的丽莎[1]"也好，"苦命人安东[2]"也好，都是被拯救的对象，要不然的话小说就不能成为小说。而且拯救他们还不是为了拯救他们本身，而是拯救广大受苦受难的人民群众的代表人物。把女主人公从某个具体的反派人物手里解救出来，或者最起码救她逃出火灾、水灾或者霍乱，这都还可以。但事实并非如此，危险是捉摸不定的，因此更令人胆寒，这种危险全然是形而上的。可以说，他们必须逃离厄运，逃离所谓的俄国生活的丑恶。这种好感的缺失，有时候会演化成对于本民族生活的憎恶，其实质则是对自己的憎恶，而德屈斯蒂纳侯爵曾惊讶地在俄国高素质群体中发现，他们都很乐意在外国人面前把这些情感暴露无遗。

终于，鲍里斯·尼古拉耶维奇·莫洛霍维茨还是到达了阿尔巴特街。一目了然的是，相比他弟弟而言他是那么威严不凡，那么高深睿智，就连体格都比弟弟强壮。而弟弟也对此了然，因此在哥哥面前大多时候他都一声不吭。

"您好，同行。传信一路飞驰而来，早就耳闻您已到达京城。"

而后鲍里斯花很长时间详细询问了约瑟夫关于美国的一些

---

[1] 指 18 世纪俄国著名感伤主义作家尼古拉·米哈伊洛维奇·卡拉姆津的代表小说《苦命的丽莎》中的主人公。

[2] 指 19 世纪俄国作家德米特里·瓦西里耶维奇·格利戈罗维奇的中篇小说《苦命人安东》的主人公。

实质性的问题。他明白简练地讲述了自己的工作事宜，还非常热情地支持约瑟夫开出版社的想法，他还指出，现在的出版社都只顾着做赚钱买卖，而真正重要的严肃的书籍却出版得少之又少。

他几乎不谈政治，只不过他说，那些饶舌的人会把所有最有用的改革都混在一起闲扯。他还辛辣地讽刺道，现在正时兴的马克思主义者很像那些妇女参政运动拥护者。他们根据穿裤子的方式把人类划分为两类，完全抛弃了男女有别的事实。无产者彼得罗夫和工人伊万诺夫也是有区别的，他们的追求可能完全不一致：一个是单身汉，想尽量多赚些钱，好让以后能活出一片新天地；另一个是有家室的人，自己给自己建房子。而革命者则利用那些最低级的人类感受，利用那些没什么文化又努力工作的人对于成功人士的嫉妒，指靠着小市民阶层的心理发挥作用。他们故意激发出这些人对于经理、管理者和工程师这些剥削阶层的憎恶。这些所谓的社会革命党人指出了一条光明的路，说人们可以摆脱这种境地，而他们在农村利用贫农的感情，激发起他们最微贱的内心感受。结果就是，庄园烧毁了，古代的村社卷土重来。而刚刚兴起的文明乡村工业现在则面临着再次回到古老的手工业方式的危险……

"没有人想工作，就连知识分子也是，而他们把这美其名曰支持政府。一起当蠢货，这就叫支持政府。"

"所以，鲍里斯，革命是无法避免的吗？"尤里不无挑衅地问道。

"恐怕是的。这是最可怕的。"

"为什么呢?"

"我们不是法国。我们的革命会葬送整个国家。这些性急
仓促的人会因为急躁而把国家弄得动荡不安,他们会毁了一切
可以毁掉的,接着一切都分离、解散。"

倘若把权力交于天使手中,它的头上也会长出罪恶的犄
角。约瑟夫想起了公爵的话,但并没有公开地提起一个字。

"好吧,您自己评判吧,约瑟夫,我预先提醒过您了。"尤
里微笑着摊了摊手。

"反动分子,真的,这个反动分子。"鲍里斯和善地笑
起来。

伊丽娜·德米特里耶芙娜叫大家去餐桌用餐。

这些谈话过去了快三十年,感觉恍如隔世,好像在用另一
种方式体现着普拉维德尼科夫侦查员同志先生是对的。而在那
所温暖的莫洛霍维茨的房子里,鲍里斯在第一次会面时说的一
切都完整无误地兑现了……分离了,解散了……

冬天的时候尤里·尼古拉耶维奇·莫洛霍维茨结婚了,就
在战争临爆发前。他娶了一个不是很年轻也不是很貌美的高等
女校学生,不知道是叫塔尼娅还是叫娜塔莎——约瑟夫怎么都
无法改掉弄混俄罗斯女人名字的毛病。他在教堂举行婚礼仪
式。给约瑟夫请柬的时候,尤里似乎有些抱歉:"未婚妻的家
人坚决要求……"而后低声说道:"有人跟小塔尼娅说了点什
么。"想必这位未婚妻是看多了布拉瓦茨卡娅这些人的书。但

愿到时候千万不要转桌子通灵什么的，俄罗斯现在很时兴招魂术。可怜的孩子啊，约瑟夫想。

"没什么的，"哥哥插了一句话，"列夫·尼古拉耶维奇是个反抗上帝者，但就连他都去过教堂。他说，这是老规矩。"

"这，鲍里斯，应该是托尔斯泰伯爵。"尤里皱起了眉头……

不管这事儿有多奇特，至今约瑟夫确实还从未去过俄罗斯教堂里做过礼拜。俄罗斯教堂对他来说还是个新鲜东西，如果不算他在新居里出于好奇往邻近的教堂看过的那几眼的话，非常古怪的是，那个教堂的三角门梁上有个似乎是共济会标志的东西。或者说这是他的幻觉？后来这一切得到了解释：这个古老的所谓的缅希科夫塔，是纪念天使长加百列的东正教堂，18世纪末由一位莫斯科富商、共济会成员加百列·伊兹梅洛夫重建……

结婚典礼的地点选在尼基塔门附近的耶稣升天大教堂，传说这里是普希金和年轻的冈察洛娃举行婚礼的地方。教堂里冷清又空荡，他们没请多少人。但似乎还是很挤的样子，穿着狼皮大衣的约瑟夫感到十分燥热，燃烧的蜡烛和焚香的气味几乎令人窒息。他很想走到教堂门前的台阶上去抽根烟——有人已经偷偷溜出去了，但他突然想起来自己不抽烟，这是他第一次对这件事感到遗憾。

婚礼加冕仪式在圣尼古拉像周围进行。"好像是在纪念已故的神父似的。"鲍里斯不无讽刺地低声说道。"这是我们的圣人，意大利的。"约瑟夫低低地回答。圣人的半身像就挂在这面墙上，神情淡漠，还带着点愚钝的严肃，半张着嘴——或者

说是因为他的胡子才显得这样——冷眼观望着这场婚礼。新人
站在读经台前的一块粉红色的布料上，看起来也是十分愚蠢。
约瑟夫作为贵宾，本来是被请求为新娘带上沉甸甸的镀金花冠
的，但为了向叮嘱他即使在细枝末节上也不能违背自己信仰的
导师学习①，他以自己是无神论者为由把这件事推托掉了。但
他并没有声张，其实他始终还是归属于基督教会的，因为他以
前按天主教会仪式受洗过了。

约瑟夫自己一年以后也结婚了。

尼娜·尼古拉耶夫娜·尼古拉耶娃，按父籍来算也是波兰
人，她的父亲是波兰小贵族亚当·莱纳托维奇，一位年纪轻轻
时就因参加 1863 年接连不断的波兰暴动而被流放到西伯利亚
的军官。二十年刑期过了一半的时候，这个波兰人就获得准许
搬到俄罗斯帝国更为温暖的地区去，因为他的肺痨发作了。就
这样他去了伏尔加，娶了一个叫克雷洛娃的小市民，她家境很
富裕，据说有两栋大木头房子，其中一栋就在每年都会举办
非常著名的集市的那个地方附近。

莱纳托维奇先生并不长寿，在第三个孩子出生不到一年的
时候就去世了。这个孩子就是尼娜。母亲再婚，嫁给了一个没
有孩子的鳏夫——改信基督教的犹太人尼古拉·尼古拉耶维
奇·尼古拉耶夫，他被准许住在犹太区之外，因为他是个收益

---

① 有可能，约瑟夫想起了发生在伦敦的一件事情。在皇家地理协会的时候，
公爵拒绝在提到爱德华八世的名字时跟所有人一样全体起立。出于对这个古怪的
俄国老人 Prince Kropotkin（克鲁泡特金公爵）的无政府主义观点的包容和忍让，
他们没有过分在意，允许公爵不必起立。

颇丰的办公用品工厂的老板。这三个孩子后来全都改叫了尼古拉耶夫和尼古拉耶维奇。

据尼娜回忆，继父对孩子们从来都是一视同仁，而他们也从不要求什么。在她的童年回忆里有一件事让约瑟夫觉得十分有趣。在母亲再度成了寡妇以后，她就把一些房间租给了一些大学生。他们中间有一个人跟社会主义者有交往，这在当时还挺时兴的，他甚至还有把左轮手枪①。有一天，有人来屋子里大搜查，这个大学生把这危险的小玩意儿匆忙塞进了离他最近的枕头下面。这个枕头就是尼娜的。老宪兵把武器抽出来，责备地对十九岁的小姑娘说：

"这么漂亮可爱的小姐，居然已经是无政府主义者了。"

让尼娜很引以为豪的一件事是，她考上了苏列尔日茨基的学生阿达舍夫的戏剧学校，而且还被录取到了年轻有为、充满激情的亚美尼亚人瓦赫坦戈夫的班上，他当时刚刚被莫斯科艺术剧院的剧团录用。人们的命运之网竟如此古怪而奇妙地纠缠在一起：苏列尔日茨基曾经受托尔斯泰之托，成了比约瑟夫那批更早的反仪式派教徒的领导者。而他们却在加拿大阴差阳错地彼此错过了。

除了这些巧合之外，约瑟夫还观察到了一些东西：所有迹象都表明，尼娜爱过那位充满激情的亚美尼亚人。她总是急切

---

① 在另一处地方叙述者已经描写过这个情节了，当时要说得更确切些，这个大学生就是后来改编艾伦·亚历山大·米尔恩的童话《小熊维尼》的苏联儿童诗人鲍里斯·扎哈捷尔的舅舅。

地拼命说他多有天赋，多么年轻，莫斯科没有人不知道他。和她一起学习的还有一个叫作索尼奇卡的姑娘，与众不同，整个人看起来总是喜气洋洋的，既聪明又漂亮，好像还是女同性恋的拥护者，老爱聊这个话题出风头，当然，现在同性恋已经挺时兴的了。索尼奇卡有一个很亲密的女伴，她是沃尔洪卡街的那座高雅艺术皇家博物馆创建人的女儿，年龄也不是很大，虽然已经有了两个孩子，但全然不知丈夫是谁，所以一直郁郁寡欢。她留着阴郁的刘海，据说是个很有名的诗人[1]。有一次下课以后，她和娜塔莎·哈特科维奇、尤拉奇卡、索尼奇卡结伴去这位女诗人在鲍里索格列布斯克的家里做客。趁着大家在客厅里喝着茶欣赏主人收藏的版画的时候，尼娜偷偷地上了二楼的婴儿室，小孩子们看起来根本无人照看……

　　自然，他们在婚礼后并没有在教堂行加冕礼，只在小范围内庆祝了一下，在佩图霍沃楼的新郎官家里。被他们孩子气地一通胡闹，尼娜的新居很快就变成了"咕咕咕楼"[2]。尽管尼娜坚决反对，可她不久后还是脱离了墨尔波墨涅和塔利亚[3]的怀抱。之后她被送去女子培训班学习外语：除了一些偶然习得的古希腊语、中学水平的拉丁语还有三脚猫功夫的法语以外，她几乎一无所知。

　　从维也纳发到莫洛霍维茨那里的电报，隔了好些时日才到

---

　　[1]　此处或指俄国著名女诗人玛丽娜·茨维塔耶娃，其父为普希金国家造型艺术博物馆创建人之一，该馆位于莫斯科沃尔洪卡街12号。
　　[2]　在俄语中"佩图霍沃"一词与"公鸡"一词十分相近。
　　[3]　墨尔波墨涅和塔利亚为希腊神话中的人物，前者是悲剧女神，后者是喜剧女神。

了约瑟夫手中。信是用德语写的，电报上说，约瑟芬·米拉托维奇伯爵夫人将乘坐下一班从维也纳过华沙的火车前往莫斯科。Ist eine wichtige angelegenheit [1]，句号——这句话是用俄语字母对应标注的，大概是出自用心的莫斯科报务员之手。

约瑟夫在以前的斯摩棱斯克火车站接到了她那列从华沙驶来的火车。他们已经阔别四分之一个世纪了，他并没有一眼认出这个尊贵而年长的贵妇就是自己的姨妈，在她身后行李搬运工抬着两个巨大的、不知为何还是红色的行李箱。但她却一眼就认出他了。

"你一点都没变。"在亲吻过他双颊之后，她平淡地说，仿佛他们只分别了一个月。"大概只是……"她端详着他，并没有说完。

"变得很像俄罗斯平民了。"他用德语把她没说完的补上。

"你是怎么找到我的?"她问，全然忽略了他的回答。她问话时并未带着风情媚态，只是有些疲倦的忧郁。

约瑟夫怎么都无法承认，姨妈已经变得很老了——她大概已经快六十岁了，她仍然裹着束腰带，在他看来已然十分老派。

"Amoiltuo odore. [2]"他说。

她伸出手指威胁式地点点他。

"你结婚了?"得到了肯定的回答之后，她说："再也不用

---

[1] 德语，意为"此事非常重要"。
[2] 意大利语，意为"我喜欢你身上的味道"。

住 l'hotel [1] 了！带我去见见她。看厌了……看厌了霍夫堡和宫廷列厅了，我想回家去了。"

约瑟夫在酒店订了房间以防万一，不过还是预见到了这个情况：他几乎确信，约瑟芬姨妈的第一件事就是要去看看他的住处。

在"咕咕咕楼"里姨妈的房间早就准备好了，尼娜做好了早餐等着他们。她事先被特地嘱咐过，不要打扮得花枝招展，只要像平时在家的时候那样行事就好了，不需要任何矫揉造作的上流社会的陈规虚礼。

"哎呀，奥夏，我一个都没演出过的年轻轻的女演员，能在宫廷女官面前显摆什么上流规矩啊。"

刚一迈过门槛，还没好好地跟尼娜打声招呼，姨妈就开始四下环顾起来。她微微眯缝着眼睛，看了看客厅低低的天花板和几个小小的窗户，然后毫不拘礼地对尼娜打量了一番，甚至还碰了碰她的丝质白衬衫，盯着她的宽腰带长裙和呢子短上衣看了一会儿，然后才看起来对检查十分满意的样子，热烈地吻了她几下。接着遗憾地说道：

"这样挺好的……你这样……可利奥，你知道吧，他已经是个独身主义者了。"

晚饭过后的傍晚时分，姨妈和外甥坐在她房间里，约瑟芬摆出一副严肃的表情。

---

[1] 法语，意为"酒店"。

"现在是这样，约瑟夫，"她郑重地说，"你是时候该带着你的尼娜回家了。"

"我的家在哪儿？"他温柔地握着她的手，好奇地问。

"在意大利啊，亲爱的，在意大利，的里雅斯特。"姨妈用拉丁语说出这个城市的名字：Tergestum。"那是你出生的地方。现在那里既不属于意大利也不属于奥地利，而是一个独立的王国了①。"

"那我能在那里做什么呢？"

"你的家在那儿等着你啊，这是肯定的。你也会有工作的——你在维也纳读书不是白读的。但最关键的是：你应该继承爵位！利奥签了放弃权利书，你就能继承世袭的城堡了。"

约瑟夫觉得自己肯定是听错了。但很快他就明白了，姨妈千里迢迢赶过来，就是为了这件所谓的重要的事。

"米拉托维奇伯爵家族的男性后裔已经中断了，你知道的。你哥哥现在是天主教司铎，是不能结婚的……只剩下你了。"

约瑟夫虽然不想让他那还停留在旧社会的可爱又古怪的姨妈难过，但还是忍不住开心地哈哈大笑起来：

"约瑟芬，什么爵位啊！我虽然有颗欧洲人的心，但护照上我是个美国人。而且哪里还有什么城堡啊，这些废墟已经毫无价值了……连一里拉都不值了。"

"是啊……是啊。"约瑟芬缓缓地喃喃道。她用专注而锐利的目光凝视着他，几乎快带着一丝轻微的厌恶："是啊，我知

---

① 当时的里雅斯特叫作帝国的自由城市，是奥地利帝国滨海区的首府。

道了。行吧，你要继续跟他们待在一起是吧？"而后沉沉地叹
了口气。

"我最亲爱的姨妈，跟谁啊？"

"跟他们，这些革——革命党……"

从这里，从卢比扬卡看起来，战前的那些岁月显得那么安
乐怡然。塔利兰说过，没有在1893年前的巴黎生活过的人，
就不算是活过。是的，那时没在俄罗斯生活过的人也一样。莫
斯科——这座城市包含着多么巨大的能量，竟从未有人发觉。
只要认真观察，仔细思考，一切似乎都是显而易见的。而且这
一切将会成为永恒，这巨大的力量和财富……但约瑟夫直到现
在才开始明白……

契卡工作员这个不幸的小男孩甚至还懂旧俄的一点皮毛，
但他的孩子无论如何也无法想象当时俄国错综复杂的境况。这
些难题解决起来并不难，只须轻轻践踏踩平，只须用呢子军大
衣上的灰色就能遮掩，只须用成堆成堆沾满鲜血的破衣烂衫就
能遮盖。

阿黛浓出版社经营得还不错。很明显，约瑟夫察觉到了自
己的出版才能和经商天赋。除此之外，鲍里斯·莫洛霍维茨的
建议也是功不可没，他帮约瑟夫选了不少适合翻译的文学作
品。尼娜也没闲着，她负责一些简单的德语和英语文本翻译工
作。聪明能干的她还想出了出版流动图书的点子——出版一些
关于俄罗斯演员和艺术家的薄薄的小册子，这些大部分出自她

本人之手。她对戏剧知之甚广，现在她几乎每天晚上都待在特列季亚科夫画廊。还有一次她在那儿整整待了一夜——经过了管理员的允许，一直坐在《女贵族莫罗佐娃》[1]跟前的小椅子上。

这些小册子一时供不应求——当时几乎没有艺术类的畅销图书，鉴赏家和批评家都写得太艰涩难懂了。一个叫作保罗·穆拉托夫的人写的文章大概可以作为比较通俗易懂的范例，但他的作品的主题大部分是意大利。

还有一个巨大的喜讯就是，就在临战前尼娜生下了一个儿子。似乎他们的幸福从来就无法牢固。他们周围的生活热火朝天得几近沸腾：芭蕾舞、丑闻画展、烟雾缭绕的颓废派地下室、胆小的沙文主义、丑角戏。莫斯科的理性沸腾令人咋舌，刚刚从年轻的马克思主义者中破壳而出的新一代哲学家尤为努力。甚至根本就没有人严肃正经地接纳革命党人——他们就像在舞台深处的某个地方窜来窜去的红色面具……颓废之颓废，鲍里斯是这么形容这一时期的。

约瑟夫感觉自己体魄强健又神采奕奕。不久之后房子也弄到手了，好运似从天降，就是那所他挑了很久的房子，带一个方便的厢房，在清塘那里，波克洛夫斯克大门附近。

尼娜热火朝天地布置着新居，表现出操持管理家务上母亲特有的干练，她摆弄着那些餐巾、桌布还有抵御恶劣天气和冷风侵袭的厚窗帷。她最引以为傲的就是一套印着冰花图案、带

---

[1] 俄罗斯著名画家苏里科夫的代表作。

着一抹乳蓝色的陶瓷餐具：一整堆小钵钵和小盘子，和正好适合给婴儿施洗的带盖汤碗一样大。周围所有人，除了沉浸在幸福中的他们以外，还有几乎所有认识的人，都没有察觉到那从远方滚滚而来的雷暴声。

　　那是 7 月末。平时约瑟夫下班以后就会从办公室下楼去餐厅吃茶点，翻开晨报，一边往面包片上抹着鱼子酱，一边开玩笑地说："好吧，尼诺奇卡[1]，一如往常，世界上所有事情都是从塞尔维亚人那里开始的。"

　　他的直觉沉睡了。作为一个欧洲人，他竟丝毫没有意识到，这就是末日的开端。俄罗斯将永远地脱离欧洲。身边没有一个人相信，很久以前算命的疯修士和先知们预言的艰苦年代真的来临了，除了鲍里斯。但他是个怀疑论者，怀疑论者……人们总是过分排斥相信最坏的情况。

　　没有人愿意，没有人知道，也没有人想知道，这场长达近五年的 The Great War[2] 来临了，它将十个国家卷入其中，连带着古巴和暹罗在内。这场战争以四个帝国的消亡为终结。那年 7 月的那个世界，再也不复存在了。还有那时俄罗斯与整个欧洲一起经历的朝气蓬勃又充满力量的岁月，也永远不会再重现了。

　　不过，这场猛烈席卷整个国家的战争，似乎并没有让莫斯

---

[1]　俄语名"尼娜"的爱称。
[2]　英语，意为"第一次世界大战"。

科发生任何改变。从猎人商行里出来的爱国主义者捣毁了德国领事馆，文化人纷纷走上反德集会和游行，像过复活节一样相互亲吻，短短时间内就忘记了自己憎恶政府的重任。彼得罗夫斯克和波克洛夫斯克林荫道的站街女也成了爱国主义者，军官上门都降低了价格。社交场更加放肆地跟吉卜赛人一起狂饮作乐：砸碎更多的镜子，妇人们哈哈大笑，香槟酒冒起泡沫满溢出来。但敏锐的耳朵已能在这场末日狂欢中听见一阵歇斯底里的狂热曲调。

"为什么您这么一个有钱有房的主儿，在 1917 年初，我们的革命爆发之前，要离开莫斯科去乌克兰呢？"红眉毛的侦查员普拉维德尼科夫在某一次会面中问道。

"大概是希望能找到故乡的所在吧。"他回答时有些语塞。

外祖母曾经回忆到，正好在战争初期，或者更晚一点点的时候，大概是 1915 年——至少那时尤里·莫洛霍维茨的死讯还没有传到莫斯科，不知道西蒙·彼得留拉为何会出现在他们波克洛夫斯克的房子里，而且还不止他一个人。约瑟夫在出版尼娜的《流动图书馆》和《俄日战争伤员印象》回忆录，还有《流沙与断头》和《突厥斯坦旅行札记》时，还发行了他自己翻译的格利高里·斯柯瓦罗达著作精选集①，在这之后，就有一些乌克兰人开始陆陆续续地出现在他们的家里。很多人大部

---

① 事实上，阿黛浓出版社还出版了一本小册子，里面有少量关于这位 18 世纪神秘的乌克兰民间云游智者、隐形居所探索者的援引评述。令人疑惑的是，仅仅是这么一本不起眼的书，就把约瑟夫带进了乌克兰民族主义者在莫斯科的圈子中。可能事实正好与之相反。

分时间都举止恭谦体面，但是所有人都出奇一致地认为，他们望眼欲穿的一切马上就要来临了，乌克兰眼看着就要脱离俄罗斯了。俾斯麦根本就不会未卜先知，他曾说德国与俄国之间的友谊是坚不可摧的，还大谈德俄联盟的必要性[1]。现在俾斯麦说过的誓言哪一条还在？俄罗斯现在已经有了其他亲密的同道者[2]了。

但西蒙·彼得留拉，照尼娜的话说，是最难缠的一个。不过，他当时的名字还是谢苗——谢苗·瓦西里耶维奇，一个宗教寄宿学校出身的政治报纸编辑。他是不怎么招人待见的那种人，处事圆滑，甜得发腻——这些似乎她都预先察觉到了。彼得留拉说他在一个保险公司工作，好像是当会计——这对于没读完书的神学生来说算不错了。他常穿着一件乌克兰绣花衬衫，下摆露在外面，看起来完全就是件纪念衫，就连农民赶集的时候都不会穿这种衣服，他还穿一双公鸡似的橙黄色的高筒靴，是个公认的民族主义者。

他的民族主义也挺好笑的：他随身带着一把放在黑棉布套子里的吉他，而当他从里面抽出这把乐器的时候，就能看到指板上系着的安德烈勋章——可能，就像所有南方人一样，彼得留拉也曾对大海充满向往。他做客时经常带着一个长颈大玻璃瓶，里面装着李子酒，天知道他是怎么在战时的莫斯科弄到这东西的。他还算有一副好嗓子，经常拖长声音唱着民歌，约瑟

---

[1] 他们大概并不知道俾斯麦这段话的结尾：对于你们的一切军事诡计，俄罗斯都会报以不可预料的愚蠢。

[2] 指的是第一次世界大战时的协约国。

夫也笑着随着他唱："宽阔的第聂伯河喧闹着，呻吟着。"李子酒越喝越少，等他走了以后，尼娜一边收拾高脚杯和茶壶，一边嫌恶地说："你怎么把他也给招到家里来了，现在还唱起歌来了！"外祖父再次笑起来："怎么，我们的谢苗可是纯粹的乌克兰人。"

"看起来更像个纯粹的混蛋。"

"等等，"约瑟夫儿戏般地开起玩笑来，"我马上还要带你去见个叫涅斯托尔·马赫诺的无政府主义者呢，听说这个棒小伙马上就要从布蒂尔斯克监狱被放出来了。"

尤里是意外牺牲的，如果在战时牺牲可以说成是意外的话，不过不是在战场上，也不是在前线。他被征召去南部的哈尔科夫那边加固铁路，因为重型装甲列车在当时很时兴。德国人往铁轨上一通扫射，企图阻止他们的武装运输，就在这一通扫射中尤里受了致命伤，流弹正好击中了车厢出入口的平台和铁轨，上面凸起来很多钉着装甲钢板的八棱螺栓帽。而他就站在开着的门口抽着烟，凝望着身旁掠过的爆竹柳和钻天杨……

与此同时，出版社的经营则是蒸蒸日上，战争帮了大忙：他们从总参谋部那里接到了一笔地图印刷的大单。因此他这个遵照导师遗训的和平主义者，从那时起就已经间接地涉及了战事。

收到弟弟的死讯之后，哥哥莫洛霍维茨就开始常常去波克洛夫斯克，用他的话说，就是去喝一喝尼娜泡的茶。约瑟夫不管有多忙，都会和鲍里斯一起度过这些百无聊赖的夜晚。而鲍里斯剖白道：

"自尤里卡死后，家里已经没人能跟我说说话了，伊罗奇卡不喜欢听我说话，只跟那只小松鼠说悄悄话，要么就是强行灌它吃从叶利谢耶夫食品店买的坚果仁。"

他们聊的当然是战争，但交谈内容经常也会延伸到更广的领域。

"从第三罗马的构想到现在的妄自菲薄，这种突如其来的迷惘感把那些所谓的思考派都要折磨坏了。这些凄惨至极的号哭，这些迷惘，从曾经预感天降大任到如今只能含泪捶胸地说：'对，我们就是乡巴佬，我们从来都算不上是欧洲的一部分。'他们说，俄罗斯就是个骑士城堡，它墙外有着繁盛的欧式花园和秩序井然的村庄。而在很远很远的河畔，森林和山谷的某处地方，则是俄罗斯的农田、泰加林，在那里能弄到足以让人发家致富的木材、野蜂蜜和貂皮。我们的块头如此之大，简直压抑着我们自己，还有那大量充足的自然资源财富。但我们又压根不想成为其他那些普通国家，就是有种这样的自傲：我们有着这世上绝无仅有的自然广度，难以用言语形容的精神财富，怎么能安于平凡，怎么能像其他民族的人一样庸庸碌碌日复一日地干活?! 难道要变成德国人还是怎么?! 不，我们忍受不了国家制度，耐不住强制劳动，我们是与生俱来的无政府主义者，从托尔斯泰伯爵、克鲁泡特金公爵到最远最远的隐修院里蓬头垢面的修士和偏僻的小酒馆里醉鬼都是这样。而我们的信仰也是最坚定不移的，我们有圣地耶路撒冷，耶稣在卡卢加州附近诞生，为黎民百姓祈福，走遍了故土，还有最狂热的一种信仰，我们濒于彻底的无政府主义和彻底的布尔什维主义……简单来说，按现在流行的说法，这就是我们俄罗斯土地的黑啤酒。"

这些俄国式的谈话在当时几乎是不可避免的。报纸杂志上有很多夸大渲染的类似言论，在资本家的客厅、小市民的餐桌上都会听见不同的论调，约瑟夫对这些已经彻底厌烦了。他们谈论的东西似乎囊括宇内，但实质上却空无一物，能这样一连聊几个小时的只有俄罗斯人。这里的政论作品也多半是这种风格，一写什么东西，最开始那几句话一定是用古罗马和法国大革命来举例。而当作者终于艰难又缓慢地快要触到事情的本质的时候，读者已经忘记自己读的是塔季舍夫还是约瑟夫·弗拉维亚了①。

有时候约瑟夫也试着自己发表一些言论。比如，说到无政府主义，他回忆道：

"您知道吗，鲍里斯，我在跟反仪式派教徒一起乘船前往加拿大的那整整三个月里，非常仔细地观察过他们。我亲眼看见，他们几近狂热地期盼某一天能够发生奇迹，他们把这叫作神灵忽至。我曾经想，这些既反对世俗权力又反对宗教权力的造反者，其实算得上某种自发的巴枯宁主义者，而通过观察他们，我对巴枯宁也有了更深的理解。从他们身上我看到了他的莽撞，他的无政府主义不是对国家制度的否定，而是对整个世

---

① 这里似乎是在暗中抨击过去的路标派分子，首当其冲的就是里面十分活跃的尼古拉·别尔嘉耶夫，战争年代里他一直定期撰写政论文。

界从头到尾的震荡。倘若他不是出生在贵族庄园，而是农村的小木屋——他也会成为某个鞭身派[1]或者反仪式派教徒……"

鲍里斯失神地望着他。他并没有在听，而后他轻声地说：

"一切都完了，就是这样。俄罗斯要亡了……这场无用又愚蠢的仗我们必定会败下阵来，就像对日战争一样。这个帝国气数已尽了，它的一切都已经被偷掠光了。但德国也不会打赢，它会灭亡，跟整个欧洲一起灭亡……"

鲍里斯的几近绝望让约瑟夫心里很不是滋味：一个看起来总是自信而强大的人突然表现出的脆弱让他感到很难过。

从这里我就开始感到疑惑了——不比普拉维德尼科夫侦查员同志先生少。

是什么影响了约瑟夫？是越来越糟的前线战况吗？

还是说他也被那完全暴露在光天化日下的仓促革命所掀起的不安风浪给吸引住了？还是对革命到来和俄国灭亡的预感？或者是有人请他前往他期待实现自身价值的、几乎已经独立自主的乌克兰？或者是所有原因加起来……

我想，他那变幻莫测的内心世界和心灵的某种不安正推着他向前走——朝圣，如果用这个老掉牙的词来说的话，因为他虽有一颗欧洲心，但在一定程度上他仍是个俄罗斯人。到了最

---

[1] 从俄罗斯正教会分离出来的属灵基督派的一个分支，主张极端的禁欲主义和神秘主义，主张自我鞭打，从而进入神魂颠倒的境界，即所谓"进入圣灵"。

后，他在旧金山证明了自己能够成为一名优秀的医生，在莫斯科又成了一位成功的出版商，那为什么不试试涉足政界呢……连美国都向德国宣战了，还有什么理由不去！

无论是因为什么，1917 年的春天他突然辞退了一些员工，解除了著作权合同，停止了出版社的营业——大概只是暂时性的。他给熟人写信，要求春夏时节在白采尔科维给他留一套别墅，那是他战前就在那里租好的。而后他锁上了莫斯科的家，带着妻儿和沉甸甸的行李坐上了前往基辅的火车。

在他们驶离莫斯科的途中，道旁散乱的小白桦底下是已经融化了的雪水，深及脚踝。在背阴处、在沟壑里和浅谷中，最后一道被潮湿的泥土弄脏的雪发出蓝莹莹的光。田野里有好些大水洼，一些三五成群的黑点沿着去年湿润的麦茬一掠而过——那是白嘴鸦飞来了。他们想走遍整个基辅，听说那里炮火将至，但没有一个人知道是谁向谁开炮。他们途经科诺托普和法斯托夫，温和湿润的地面上全是灌满浆的杨树胚芽，坐在地上的酒鬼们在窗外一个个闪现而过，走得越远，他们就越来越多地朝路上挤去。

一个半星期之后他们到达了白采尔科维，那时候早吐嫩叶的白丁香已经含苞待放了，而透过繁茂馥郁的枝叶，黄色的瓦房顶明快地显露出来。最后他们到达了位于高处右岸的熟悉小屋，在托罗恰安斯卡娅大街，抹大拉的玛丽亚教堂上边。他在上一次别墅度假季结识的基辅画家马谢科站在自家别墅的小篱笆门旁，看见他们之后向他们脱帽致意，约瑟夫鞠躬回礼。像从前一样，对岸的堤坝那边白采尔科维 млын [1] 的风轮正慢悠悠地转着，还能看到织造厂的红砖楼，那是以前布拉尼茨基伯爵建的。下边的广场上和犹太市场里，已经能清楚地听到喧闹声，即使今天并不是集市日。

基辅正沸腾着。一切都尚在迷雾之中，很多人以闪电般迅猛的、几乎离奇的速度飞黄腾达，这其中就包括约瑟夫在莫斯科的昔日友人、保险公司代理人谢苗·彼得留拉。这个波尔塔瓦人，在基辅摇身一变成了全俄地方和城市自治会联合委员，一本正经地身穿战争初期自治联合委员会在莫斯科援助军队时的制服，之后一路步步高升，青云直上。像个地地道道的革命者该做的那样，他在群众大会上声嘶力竭地叫喊，对着一小堆爱凑热闹的乌克兰公民讲话，起初他还没有学会这些，跟着一群不知所以的小老百姓在广场上高声吼叫："滚出去，莫斯科佬，滚出去！"还抹抹改改了一些逻辑混乱的小文章，召开了几次群众大会，自己推选自己为主席团成员。他还发表了乌尼维尔萨尔 [2]，为了使这些自封自建的机构保持秩序，他忍受了那些最知名的知识分子。但他似乎并没有认真考虑过，既然那位格鲁舍夫斯基教授 [3] 推着自己的夹鼻眼镜一直千篇一律地重复说，乌克兰历史发展的主要走向并不应该是伴随着暴力、血腥和破坏的革命道路，而是和平演化的道路，那么还指

---

[1] 乌克兰语，意为"风磨机"。

[2] 此词源自哥萨克盖特曼所使用的"政令"一词，这里指乌克兰中央拉达发布的告民众书。

[3] 著名乌克兰历史学家，利沃夫大学教授，曾在 1917 年被推举为乌克兰中央拉达主席。

望从这些知识分子身上得到什么有价值的东西呢？就吐口唾沫用脚蹭蹭吧！

当知识分子还在口若悬河、张罗不迭时，平民出身的彼得留拉在几个月内就建立了乌克兰部队代表大会，他亲自操纵着这场类似于士兵会议的神秘运动，但似乎当时作为一名民间活动家的他还没能给自己授予军衔。4月份，他在明斯克召开了乌克兰西部战线代表大会，还在那里召开了乌克兰前线人民议会，而他自己选自己做了主席。约瑟夫百感交集地观察着这一切的变动更迭，他暗暗相信，彼得留拉的这一通忙活最终并不会起到任何作用。妻子在知道了莫斯科昔日友人彼得留拉如今功成名就之后，低声说"现在就等着大祸临头吧"，但与未卜先知的她不同的是，约瑟夫只是单纯地不希望在这场骚乱中看到任何真正的威胁。

彼得堡的人不知道该如何处置这昔日帝国的残块。临时政府没有任何哪怕只是临时的国家政策。律师先生们看上去都毛病成堆，歇斯底里，爱抱怨，而且还颠三倒四，决议都是匆匆忙忙地就通过了。如果他们不能把皇室家族送到摩尔曼斯克，而后从那里乘英国轮船到达伦敦或者哥本哈根的话，那就更不用说遥远的基辅了。他们注定要让皇室家族灭亡。要知道皇村不是乌克兰，而是近在咫尺的地方。

基辅接二连三地开着代表大会，在气势汹汹但又空洞无味的叫喊声和自治派与独立派的争论声中，他们划分了各级岗位和部长职位。米赫诺夫斯基与温尼琴科的明争暗斗，以米赫诺夫斯基失败告终。身为天主教徒的里宾斯基，一直在鼓吹三元君主国家并存的学说，即大俄罗斯、白俄罗斯和小俄罗斯，共有一个莫斯科东正教大牧首。同时还有拉戈扎将军的切尔尼戈夫军队集中化以及组建解放俄罗斯特遣部队的计划。而彼得留拉通过老奸巨猾的基斯佳科夫斯基的支持，保住了波罗的海格拉默特海军的候选人资格，所有人一致同意，以盖特曼[1]赫梅利尼茨基·卡普干命名的军团也同样不可一日无首。

以多罗申科为首的一群社会主义联邦主义者力求提出一个双方都能接受的俄乌关系条件，其他人则丝毫不肯让步，没有商量的余地。所有人都各执己见，这么一来，乌克兰人对于俄罗斯人来说，就无一例外全是分离主义者了，就好像在乌克兰人眼中俄罗斯人都深受莫斯科集权主义的毒害一般。

与此同时，军队也在躁动不安。普遍的不满情绪迫使上面必须做出决定性的指示。在不耐烦情绪的驱使下，他们甚至还试图效仿以盖特曼波卢博托克命名的乌克兰第二军团发起暴动。这个军团是在切尔尼戈夫组建的，他们本是到达基辅准备出发去前线的，但就是在这里受到了主张独立的反对派的鼓动。波卢博托克军团的士兵暴怒抗议，谴责中央拉达在彼得格勒政府面前的奴颜婢膝和不作为。彼得留拉胡乱地号召大家不要受到无政府主义的煽动：前线的俄罗斯士兵成群结队地临阵脱逃，德国人开始了反攻，而在基辅发生暴乱的乌克兰部队则耍起了无赖，波卢博托克军团在乌克兰第一储备军的兵营里缴获了所有武器，征用了铁路军营和第三汽车场的汽车，抢占了

---

[1] 此词在乌克兰语中意为"首领"。

基辅的民警参谋部和警备司令部，拘留了参谋部长官和警卫长，解除了士官生的武装，把军需仓库据为己有，这还不算把地下酒窖洗劫一空这类不成体统的小事。与此同时，他们还计划在日托米尔、切尔尼戈夫、科罗斯坚、波尔塔瓦、乌曼、亚历山大罗夫斯克、尤佐夫卡和敖德萨采取行动，对兹韦尼哥罗德—赫里斯季诺夫卡—兹纳缅卡这一线的俄罗斯军运列车进行裁减。为了支援起义军，他们还建起了兹韦尼哥罗德自由哥萨克临时军营。哥萨克人到达了城郊的莫托维洛夫卡，彼得留拉侥幸地得以通知他们，说起义已经结束了，哥萨克的先生们来晚了。这其实是为了救急编的谎话：7月的这些日子里，一切都命悬一线。他成功地骗过了起义者，狡狯地把他们纳入了位于加利西亚前线的涅米罗夫斯基军团，把他们打发到了前线战场。关于盖特曼博格丹·赫梅利尼茨基乌克兰第一军团的问题也间接解决了：履行了它在独立乌克兰部队的改编条件。这个军团原本也要向前线进军，但是遭到了俄罗斯骑兵团和顿河哥萨克的扫射。这下捅娄子了。彼得留拉去了侦查点，却被基辅军区部队长官奥别鲁切夫上校妨碍了进程。但彼得留拉还是脱身了：在他的坚决要求下，军团被解除了武装，士兵被送到前线编入了其他部队，而军团团长卡普干上校则被软禁在自己家中。

就这样，彼得留拉爬到了上面。

他已经被增补进了中央拉达，而他以军队国有化这一大胆的提案受到了乌克兰军人的热烈推崇，他提出乌克兰军人应当用自己祖国的语言学习，但这个在当时的条件下是没办法做到的，确切地说，短时间内把成摞的章程和指示翻译成乌克兰语是不可能的。其他的也是不可能的：军官们自己本身都是宣誓为那位签了退位诏、把皇位让给弟弟的俄国沙皇效力的。除此之外，很多人几乎已经不说乌克兰语了。不过这没什么，最重要的是要及时地大声喊出必要的口号，好掀起一阵令人陶醉的革命之风……

"看看，您都已经叫出了十个名字了，先前您还犹犹豫豫的。"普拉维德尼科夫满意地说。

"杂志上的，杂志上这些都有。"

"您过谦了，约瑟夫·阿尔宾诺维奇。您当时可是处于事件的中心。您几乎都要是政府的人了，这样的话我们的人可没法从那儿把您赶出来。"

"很遗憾，那是个根本毫无权力的政府。"

事情是这样的。格鲁舍夫斯基把约瑟夫不怎么喜欢的温尼琴科带到了白采尔科维。他们坐在枝繁叶茂的苹果树下一边品茶，一边讨论冒险主义者彼得留拉给乌克兰带来的日益迫近的灾难。这位昔日的保险公司代理人低调稳重地开始了自己的军事生涯，成了海达马克部队的阿塔曼[1]。但现在他已经一跃坐上了军队和舰队的总盖特曼之位——只不过当时他没有舰队罢了。他一心想当独裁者，想效仿拿破仑，把一切事务都牢牢

---

[1] 指自由哥萨克军队的首领。

攥在自己手里，所以他们马上组建了一个只有三位与会者的小拉达，并且都做了会议记录。大会的第一步就是通过把权力从中央拉达转移到小拉达来削减西蒙·彼得留拉的权力，而阿塔曼之位还得从长计议：新政府似乎还得暂时保留彼得留拉的军事部长职位——他在军队中相当受欢迎，而且也没有另外的候选人。不管怎样，有件最主要的事情是公认的，那就是军权与政权的分离……

　　当然，这个糊涂的决议并没有产生什么影响。虽然秋天的时候，温尼琴科已经坐上已重建的乌克兰人民共和国总统之位长达数月之久，但那次在苹果树下的会谈还是造成了应有的后果。这第一次也是最后一次小拉达会议，以某种不为人知的方式全都钻进了彼得留拉的耳朵里。

　　这有可能对身为彼得留拉政府要员的温尼琴科产生最令人感到悲哀的后果，他无可避免地被扣上了战时叛变的罪名，但事情发展得如此迅猛、急促而又不可预料，以至于都被人遗忘和磨灭掉了。不管怎样，至少他们三个是这么觉得的。

　　彼得留拉算是个卓越的阴谋家——要称呼没读完书的他为政治家倒还真说不出口，他应对这样那样的事情都游刃有余、左右逢源。不过，他并没有什么清晰的规划。乌克兰知识分子界的主要思想是这样的：连俄罗斯人自己都担心着混乱和分裂，因此他们才推举不出一位像德国的艾伯特和诺斯克[1]或

---

[1] 弗里德里希·艾伯特与古斯塔夫·诺斯克，前者为德国社会民主党右翼领袖，魏玛共和国首任总统，后者为魏玛共和国的首任国防部长。

意大利的墨索里尼这样成熟又内行的领袖来。乌克兰是放任自流的。何况这不是个恰当的时机，也不是百年一遇的唯一机会：德国作家罗尔巴赫是对的——乌克兰一定会独立，终将会融入欧洲人民的大家庭中[1]。这个头脑简单的想法连阿塔曼自己也是赞成的。

约瑟夫坐在白采尔科维的别墅里，竭力想要支持祖国独立，就像支持所有地方甚至夏威夷群岛的独立一样，但是他明白，在目前的条件下完全的独立只是个理想化的希冀和虚无的幻想。那位格鲁舍夫斯基过分谨小慎微，昨天他们在花叶落尽、即将结果的苹果树下边喝茶边聊了很久，但有一件事情已经很明了，他不会在自治理念这条路上再走下去了。也对，他是历史学家，他知道从 17 世纪开始与俄罗斯的合并，这还包括建立在希腊正教上的宗教合并，使乌克兰和一边的穆斯林土耳其完全分隔开来，又和另一边天主教的波兰分隔开来。而且，就像赫梅利尼茨基时期一样，在战争和革命条件下，和俄罗斯的分裂无可避免地会导致它和波兰或土耳其，或是和德国的联合兼并。但独立狂潮之中的民族主义者说不定也会投入罗马教皇的怀抱。

真正为自由搏斗的疯狂战争开始了，狂暴的乌克兰斗士们

---

[1] 罗尔巴赫的计划是把乌克兰从俄罗斯独立出来，进入中欧系统。波兰和波罗的海沿岸就是被德国人按照这一 "Randstaaten"（德语，意为 "周边国家"。——译注）政策重建的。

并不想听中间派的大道理。宗教狂多罗申科固执地呼吁立马与顿河州合并，而精力充沛但智力有限的利佐古布[1]在心里已经把奥廖尔州抢到手了。以格鲁舍夫斯基和温尼琴科为代表的温和派民族知识分子没有把舒利金所说的小俄罗斯人和公开直接的亲俄运动混淆在一起，他们提醒大家，从还未与俄罗斯断交的上世纪开始，先知浪漫派研究了我们的历史和民俗，逐渐开始小心地在基里尔与梅福季兄弟的灵魂中培养属于乌克兰人的意识。还有一件好事，俄罗斯自由主义者容忍了乌克兰主义，他们天真地认为，这面玩具旗帜和自我安慰的颤音，只消扑扇这么几下，唱上这么一阵子，就会平息下来。

这自然是带着些让人不甚愉快的傲慢色彩。好吧，其实他们很清楚，与俄罗斯强大的文化成就相比，乌克兰简直微不足道。但即便是这种觉悟也没能减轻他们的气恼，甚至说是愤怒：俄罗斯真正的知识分子对乌克兰总是既庇护又鼓励，对乌克兰人宽容迁就，温和关切，就像对待年幼的孩子一般……

德国人战败了——其实早在夏末就已成定局了。人民——不管是在右倾的还是左倾的动荡时代，也不管他们是处于中间、上层还是底层，他们都被谄媚地称为人民——痛恨着德国人。有传言说，即将有部队在城郊袭击德国的巡逻队。

人们永远只憎恶失败者。

不久以前，他们还是极力讨好的架势。在侵占初期有一段

---

[1] 利佐古布，俄国革命民粹派分子。

时间，居民们都很期待着德国人的到来，他们说这些人可以帮助他们整顿秩序，一切都会像从前那样和平又安宁，人们会有富足的生活，到处都开着小店，有物美价廉的 iдальня[1]，有让大街都飘满甜甜香味的 цукерня[2]，还有令人神往的歌舞咖啡厅。这简直是天方夜谭。

起初德国人在乌克兰资本家那里站住了脚跟，但这些人全是俄国的犹太人。也许是出于这样的失望，德国人开始了战斗行动，显露出善战又狂热的匪兵本性：高等军官往德国寄送大量包裹，而那些小官员和士兵则把乌克兰人的财物家什全都运到了驶向欧洲的专运列车，甚至连油都没有放过。醉酒的德国兵在城里东倒西歪地瞎逛，胸前系着红色的勋章绶带，或许这种装饰品在他们看来更容易诱惑到也同样喝醉了酒在大街上转悠的疯婆娘吧。一种毫无理性又歇斯底里的兴奋笼罩着整座城市。是啊，在混乱条件下握住权力是要更方便些。

在汹涌的民族情感浪潮中，一方面，全乌克兰立宪民主党人格里高尔维奇·巴尔斯基号召与奥地利合并，因为它能保障乌克兰政治思维的完全自由；另一方面还有加利西亚和顿河的起义，利奥波德哥哥不知怎么地再次出现在了他们的生活里。要是更确切一点地回忆的话，那是在秋天的时候。是的，秋天，苹果已经熟透掉落了，正是在基辅反盖特曼起义爆发之前的时候，也是在彼得留拉和温尼琴科掌权新政府之前——他们

---

[1] 乌克兰语，意为"小吃店"。
[2] 乌克兰语，意为"糖果点心店"。

俩就像马克思主义者说的，阶级立场相近……之后基辅就落入
了布尔什维克人的手里。

利奥波德奇迹般地变了样：身为天主教司铎的他变得稳重
端正，也不乏军官的考究精致，只不过挺直的身形还带着牧师
特有的严峻。除此之外，他还有一个令人意想不到的身份——
盖特曼①本人的侍从文官。利奥波德打发了一辆四轮马车到白
采尔科维来，马车夫转送了一封便函，上面似乎略带讥讽地写
着："czy moge pana zaprosic.[1]"这是一封请他与尊贵的全乌
克兰盖特曼殿下会面的邀请函。

他们约好在就近的星期五见面。

约瑟夫被直接带到了利普基，那里驻扎着盖特曼的德国护
送队和盖特曼司令部。利奥波德在前厅迎接他，匆匆忙忙地亲
吻了弟弟两下，而后一本正经地、几乎带着点讥讽地说，盖特
曼很想见他约瑟夫。

约瑟夫惊讶地说道："你在他面前把我说成什么人了?"

利奥波德笑了起来：

"你跟知识分子阶层常有往来，盖特曼想听一听你的意
见……"

办公室简单朴素又规整大方，这在像所有革命年代一样盛
行装腔作势和表面文章之风的当时，显得格外古怪：这里看不

————

① 此处的"盖特曼"指德国扶持的哥萨克首领保罗·斯科罗帕茨基，他废
止了"乌克兰人民共和国"国号，建立起傀儡政权"乌克兰国"。

[1] 波兰语，意为"请允许我邀请老爷"。

到任何充满浪漫情调的复古帷幔，也没有任何乌克兰面巾和哥萨克军旗。在一面大桌子中央有一幅彩色的欧洲地图，远看还误以为是一张绣花台布。乌克兰，自然处于中间的位置。

盖特曼也是个简单又严肃的人。他身着一件带着斜斜的子弹夹的黑色切尔克斯卡袍，胡子剃得光光的，长着一双睿智的深色瞳孔。不过，他一开口说话，约瑟夫就觉得他根本不像是个骁勇善战的军官，而是一位从前的波兰庄园贵族，在乌克兰成了一位和善温厚的俄罗斯地主老爷。但他其实还是一位冒险主义者：他目前所处的地位都得益于俄罗斯历史不可预料的完全童话般的神奇转折，与其说这些事情让他忧心，还不如说是逗他开心。这场政治阴谋的气氛让人振奋。他的俄语吐字发音很清晰，完全用朋友式的口吻对约瑟夫说，违背誓言、背叛沙皇对他这个俄罗斯军官来说是非常沉重的考验和负担。与此同时，他还有双重身份：既是君主，又是共和国领袖——似乎这种矛盾的政治角色让他很是快活。盖特曼的眼睛闪烁着。他是亲俄派这件事不算是秘密吧，约瑟夫想，又或许他只是在逢场作戏罢了。

"您作为旁观者是怎么看我们这里的这场……骚动的？很好奇吗？您知道，即便是我都不是很有兴趣把这些弄清楚，但乌克兰的知识分子……"

约瑟夫简明有力地说了自己的想法。从他口中说出了他们想听到的东西。他说在这种千载难逢的时刻，乌克兰终将向前迈出自己的一步，走上有着充满智慧、高文化素养、精力充沛的活动家们的历史舞台，他们在那之前仅仅在报纸上写写文章、在学校讲讲课就心满意足了。

"但是，请允许我说，他们都不是军事家，也不是政治家，"盖特曼温和地说，还带着点嘲弄的意味，"一把手是利沃夫大学的历史学教授，二把手……该怎么说……是人民文艺小说家、幻想家……不过，这些人都喜欢……呃，历史的推动力。"

"是的，很多人都认为他们是怪人，讨人喜欢，但是平庸无能，软弱无力，哪怕他们充满着激情，"约瑟夫站出来维护着与自己同阶层的小拉达同志，"但请允许我提醒您，正是在温尼琴科演说的影响之下，代表大会才通过了全民武装的想法。您会说，这似乎都是马克思主义者提议的，但是要知道他们批准了这关乎乌克兰人民警察的决议……"

"要是我们现在是法国大革命，又当如何呢……"盖特曼笑着说。"这是他们的执政内阁，扮演着罗伯斯比尔的角色……"说到这里盖特曼皱了皱眉，"但知识分子和那个诵经员彼得留拉……都是宗教界代表，不过，就连塔列兰自己似乎也是神职人员。"

"是主教。"约瑟夫更正了他的说法。盖特曼对他更为喜欢了。他接着说："或许，就谢苗本人而言，他并没有危险性。"接着他纠正道："是西蒙·彼得留拉。但在和布尔什维克的联盟里……"

盖特曼带着明快笑容的明朗的脸突然一变。

"原来您和他相熟……"

"在莫斯科就见过了……"

"好吧，您说出了最重要的一件事，"盖特曼不安地添上一句，"也就是说，您也预见到了这种危险性……您能允许我偶尔来打搅您一下吗？想找您讨要一些建议。顺便提一句，您从莫斯科过来，在我们这一团糟的疯人院里安置得怎么样了？"

约瑟夫表示了感谢，并且使他确信，他们安置得相当好，他们在白采尔科维的房子是提前就预留好了的。

"我不敢再过多阻留您了。"盖特曼点了一下头，看起来原本是要伸出手来，但只是轻轻地把伸直的右手掌放到了鼻子上……

"他非常喜欢你，祝贺你。"他们下楼的时候，利奥说道。他的语气里没有任何嫉妒，更准确地说应该是满意至极：他在长官面前的举荐看起来并不是过度的。

"那可不，我们是波兰人！"

"Oczywiscie！[1]"利奥想起了父亲最喜欢说的这个词①。他第一次一整天都带着笑容。

这是约瑟夫和斯科罗帕茨基的第一次也是最后一次会面。这也是他和哥哥利奥波德的最后一次会面。盖特曼没有像沙皇一样，他在 12 月时就遵守自己对乌克兰人民的诺言，正式地放弃了皇位，悄悄地离开了基辅，这从他的角度来看实乃明智

---

[1] 波兰语，意为"当然"。

① 这兄弟俩连带着叙述者都弄错了一件事——保罗·彼得洛维奇·斯科罗帕茨基并不是波兰人。更准确地说，他可以算作出生在德国的、俄国化了的乌克兰人。他在逃离乌克兰之后住在柏林，在那里平安度过了俄日战争和俄德战争，最终于 1945 年 4 月死于同盟国的空袭中。

之举。有人说，他将在柏林迎接圣诞节的到来。而利奥波德则就此消失了。他当然有希望伴随在盖特曼身边，但彼得留拉的一个暗探偷偷地说，在火车站他并没有看到利奥波德。

再后来发生的事情约瑟夫就记得很模糊了。首先，他承认自己并没有当成政治家，这次尝试失败了。之前立下的目标也没有达到：乌克兰并没有什么欧洲道路可以走，这也是必须得承认的。布尔什维克人眼看着就要到基辅来了，而大混蛋彼得留拉似乎也已经和他们谈妥了[1]。乌克兰将与残存的俄国遭受同样的命运——历史上这种事情已经发生了不止一次。意识到这一点着实令人心酸，但看起来，事实就是如此。

为了挽救家庭的困境，只有两条路可走：要么试着把尼娜和孩子送去波兰，要么就把他们安排到开往德国的军用专列上。还有第三种方案，但实在太不可靠：把他们送去敖德萨，听说同盟军一时半会儿还到不了那里，而且可能有希望坐上去法国的轮船，就是去君士坦丁堡也好。等到了那儿还能去马赛……但出乎意料的是，尼娜在这件事上不仅仅是执拗，她态度高傲且坚决明确地表示，除了俄罗斯，她哪儿都不去。约瑟夫试着弄清楚她怎么会这么想。"你自己说过的，想要摆脱移

---

[1] 这一次约瑟夫看错了自己这位老熟人：无论彼得留拉有多机灵圆滑，布尔什维克人永远比他更胜一筹。1919 年冬天，刚当上独裁者不久的彼得留拉高估了自己的能力，开始惯性式地向布尔什维克提出妥协的方案，但红军丝毫不买账，直接击溃了他的军队。这时候他还犯了一个致命的错误：对布尔什维克心怀愤恨的彼得留拉像只无头苍蝇，转而跟波兰签订了条约，大概是希望和波兰结盟。这个条约让乌克兰割去了加利西亚和沃伦州。彼得留拉为自己申辩道，这么做是因为波兰是通往欧洲的唯一通道，但在许多乌克兰人看来，他的举动就是赤裸裸的背叛。

民者的命运。"是的，他的确说过。所以他自己也不打算离开乌克兰了。

他做出了让步。他决定把妻儿送到哈尔科夫，这个选择是出于这样的考虑——与混乱不堪的基辅相比，乌克兰的苏联部分应该能保证秩序。而现在执掌哈尔科夫的好像是拉科夫斯基[1]，保加利亚人，是他在日内瓦的同级同学兼朋友，也是个医生。诚然，克里斯托和巴枯宁主义者约瑟夫不同，他是社会民主派人士，坚决支持普列汉诺夫小组，但对于约瑟夫的家人，他是一定会帮忙的……很快尼娜就一路畅通无阻地坐上乘客专列到达了哈尔科夫，仿佛周围依旧是往日的和平生活。她在城郊的一个俄罗斯妇女那里租了一间半居室。俄罗斯妇女很像尼娜的母亲，一个小市民寡妇——她的丈夫是个军官，1915 年的时候就在前线牺牲了。

不管是女房东还是邻里们都从来没有听说过什么拉科夫斯基。

只不过，这也正如他们从没听说过苏联政权一样①。

一大早就有人来找约瑟夫。不过不是来逮捕他的，如果是的话他也不会惊讶。来的是温和善良的第一届拉达里的一些代表议员，其中有一些人他很眼熟，他认识其中一个当过拉丁语老师的人，他姓泽沃达，似乎就是他把这些代表带过来的。他

---

[1]　克里斯蒂安·拉科夫斯基（1873—1941），保加利亚社会主义革命家，老布尔什维克党人。文中"克里斯托"同样指拉科夫斯基。

①　尼娜只是赶在拉科夫斯基前头而已。他于 1919 年 1 月末就职，约瑟夫大概是在基辅报纸上读到的。到了 6 月 23 日，他代理乌克兰人民委员会主席职务，同时还兼任外事委员。苏联时期，他被视为乌克兰苏维埃政权的建立者之一。

们很热络地聊起，彼得留拉眼看着就要占领整个基辅了，而在他身后，不知道从哪里冒出来了近十万带枪步兵。他们说必须得离开基辅了，约瑟夫也同意这一点。

但是去哪儿呢？

去那儿——去南方，去草原。他们匆忙又慌乱地打断彼此的话，说得很是激动，似乎急着想让他信服。他们说，在那边的城里有一万人，这些人都是从战场上回来的，善于射击。还有十万埋在地底下的来复枪，它们都被藏在一些打谷棚和贮藏室里，为了防止德军的巡逻队和各种搜查。人民也正准备着！他们都是哪些人呢？在那些小市镇上就有几千名人民教师、医士、独院农户、宗教学校学生中的准尉、养蜂人和瓜地里干活的身强体壮的小伙子。这还不算，那里还有一群有着动听的乌克兰姓氏的上尉。而且他们所有人，所有人都很热爱我们的祖国，我们的语言，我们美妙的、迷人的、繁荣的乌克兰……简而言之，他们就是想请他加入游击队。

"那谁是你们的指挥官？"

"您啊，约瑟夫老爷，除了您还能有谁！您就是我们的首领。"

"可我连枪都没拿过。而且我是不可能的，我信仰和平主义，谴责杀戮的罪恶。"

"您是浸礼宗教徒还是什么？如果是这样的话，那您就不必了。该向谁开枪，人们都会弄清楚的。可能之后会发生混乱，我们需要的是智慧的头脑，就是这个！我们还看中了一个在逃的上校扎瓦列次，但我们担心他会被奥地利人流放。约瑟

夫老爷，您看看，朱诺有去罗马的意愿吗①？"然后他又对着
自己的同伴说："你们看到她点头了吗？"

议员们都赞成地哄嚷起来。

昨天我的手稿写到了这个地方，晚上的时候我就梦到了草
原。草原是如此辽阔，光秃秃的，空洞洞的，连我最喜欢的一
棵孤独的杨树都没有②。似乎可以去任何想去的地方，但又根
本无处可去。那种感觉就像是迷路了。有种涩涩的、莫名其妙
的、让人害怕的感觉，似乎永远没人能找到你，你再也无法摆
脱这里回到自己的现实生活中去……

为什么我会想起这个荒唐的梦，并且把这个添到书里来
呢——可能是为了歇口气吧。我脑海中再次清晰地浮现出外祖
父的身形。他现在就在草原上拄着一根拐杖走在形形色色的一
队民兵的前头——他们有人带着别丹式步枪，有人带着奥地利
来复枪。我看见，他身上穿着一件薄薄的蓝色披风，就是苏沃
洛夫越过阿尔卑斯雪山时穿的那样，士兵们不知为何把这件披
风叫作家长牌披风。其他的游击队员则各穿各的，有人穿着手
肘处打着补丁的薄短衫，还有长至脚踝的医师灰大褂，腰上系
着粗厚的黄色猪皮带。只有泽沃达穿着一件少见的用上等盖特
曼呢子做的深蓝色乌克兰短上衣，但外面还罩着一件德式军大
衣。他脚上穿着一双钉上了马蹄掌的高腰皮套鞋，那时候他的

---

① 此处暗示蒂托·李维的第二本书中的情节：古罗马人和阿尔巴尼亚人关
于朱诺圣像所在地的争论。
② 此处叙述者显然是想起了阿法纳西·费特《白杨》一诗中的句子："死寂
的荒原上你孤立着，我的白杨，你胸中埋藏着死一般的沉痛。"

很多同志穿的要么是军用高筒靴，要么就是便鞋。但几乎每个人都有一顶毛皮高帽，还有一些人在上面戴了个德式头盔，扣带在下巴颏上。

"我现在就是您的副将了。"泽沃达对约瑟夫说。

他牢牢地记得在草原度过的第一个夜晚那死一般的寂静——没有簌簌的低语声，也没有枪声——但没有一个人能入睡，似乎都想在这漆黑一片中仔细听到自己未来的宿命，还有祖国的命运，звичайно[1]！他们连火都没有生，因为他们不知道从哪里听说且知晓，在他们所处的这块地界上必须得隐蔽自己，什么都不能暴露。当然，随即他们又开始瞧不起这种小心防备的心思，因为草原上看起来完全空无一物。于是他们就生起了篝火，大家把火堆层层围住一起取暖，巴巴地望着锅子里煮着的素粥。

约瑟夫用披风裹住自己睡觉，弓腰背靠着树，如果旁边有树的话。他在树根的间隙里坐了很久，而队里的那位拉丁语学家奉承道，这样很像坐着上等的显贵专席。在那些寒冷得让人失眠的夜晚，泽沃达就会给冻僵了的、生平尚未射出过一发子弹的未来军人们讲古罗马神话故事。他已经讲过了很多故事片段，但他说得最为鲜明生动的还数罗马创立的故事。

他并不开门见山，但却引人入胜：他从那位许下誓约永保贞洁的维斯塔贞女说起，呐，我们所认为的这位修女，其实曾

---

[1] 乌克兰语，意为"当然"。

经被人强暴。

"Оце так сюрприз![1]"这个罪行当然是闻所未闻的,但他们找不到欺凌者本人,于是就归罪于这个女人,说她是淫娃荡妇。女祭司当然一口咬定,与她一起犯下罪过的是战神马尔斯本人,但人们不听她的话,给她带上了铁皮镣铐,由卫兵关押起来。她在关押期间生了一对双胞胎男孩。

"Зовсим непогано.[2]"

"人们决定把这对双胞胎当作猫崽子处理掉,两个小婴儿被扔到了河里,这在那个野蛮年代是很常见的。但那年春天台伯河水大涨,溢出了河岸,谁也没法接近河道,卫兵们就把婴儿装在洗衣盆里扔到了浅水域,并没有随他们潜入湍流中去,ви розуміете[3]。就像世界上所有故事里的王族弃婴一样,洗衣盆被岸边的灌木丛勾住了,而随着河流退潮,盆子则完全留在了岸边。这时候来了一头母狼,她过来饮水,听见了孩子的哭声,找到了婴儿,把他们舔干净,接着开始用乳汁哺育他们。但由于蒂托·李维[4]时期的古罗马已经出现了怀疑主义流派,因此思维健全的人都坚持另一种更有说服力、更接近现实生活的说法,那就是,所谓母狼,其实是一位当地的太太因为酷似母狼般的性欲而被人取的名字。①"

---

[1]　乌克兰语,意为"喔!太意外了!"

[2]　乌克兰语,意为"挺不错的啊"。

[3]　乌克兰语,意为"你们可以想到的"。

[4]　蒂托·李维(公元前59—公元17),古罗马历史学家。

①　此处泽沃达这个拉丁语老师暴露了自己是个动物学方面的外行:狼和人不同,它们大多一生只爱一次。

"真的吗！您在说什么呢！不可能吧！"此时响起了欣喜感叹的声音。

"历史上记载了她的名字，她叫劳伦缇雅，是牧羊人浮士德勒的妻子，她并没有孩子。正是她把这对双胞胎抚养成人，违背我们认知的是，他们并没有遗传自己亲生母亲的高贵气质，而是справді[1]继承了养母不三不四的习气。确切地说，他们长大之后成了真正的匪徒。或许是为了慰藉民众或者是在后代面前粉饰太平，罗马人还是把这一对土匪双胞胎兄弟当作贵族老爷看待，说他们并没有抢掠牧羊人和过路客，只对自己的同行下手。你们显然已经猜到了，这两个混世魔王就是罗慕路斯和雷慕斯[2]。"

泽沃达答应大家第二天再接着说。

"现在我想提醒各位尊贵的老爷和自由哥萨克们，这个传说非比寻常。因为这个故事里的细节都是完全自然主义的，就算是在昨天，这也是无法通过刊物审查的。故事里的女主人公是个天然的娼妇，连男主人公们的出生都是母亲被不知道是谁的人强暴的结果……"

但第二天，这个小队已经听不了罗马历史了。

在他们头上开始有接连不断的流弹拖着令人忧愁的声音呼啸而过，没有人知道这些子弹是从哪里飞来的。正是这种不解

---

[1] 乌克兰语，意为"实实在在地"。
[2] 罗马神话中的一对双生子，罗马城的创建者，根据普鲁塔克和蒂托·李维等的传统罗马历史记载，罗慕路斯是古罗马王政时代的首位国王。

埋下了迟疑和不安的种子，仿佛空气自己跳跃了起来，而危险即将从各个角落逼近，甚至是从天而降。

情况明确下来，是由于一位衣衫整洁、肥肥壮壮、满脸麻斑的农妇的出现，不知道她是从哪个方向径直从草原上过来的。这位农妇说，她在列车停站时间去最近的一个村庄买小土豆，结果装甲列车开走了，她被落下了。要从她口中知道这是什么装甲列车，开往哪里，跟谁交战，几乎是不可能的。她只是一直重复着说，她是给一个单独的普尔曼车厢里的军官先生们做饭的，这辆列车叫"乌格尔"，首长是丘丘尼克上校先生。看起来，这列装甲列车是他们自己人的，多半是在跟布尔什维克人交战。但列车往哪个方向去了哪儿呢？这个她也说不清楚。她只是说，列车从这边到那边，经常停站，似乎是在找某个人。问她是哪个村的，她也说不上来，只是解释说，他们村已经不复存在了，先是被德国人烧杀抢掠，后来又不知道是被什么人，大概是马赫诺匪帮把农舍都烧光了①。还有，在列车上有很多女人，她们的丈夫不是被杀了，就是失踪了，还有一些女卫生兵、女炊事员、女服务员，还有擦地板的女工。军官先生们都很礼貌谦恭：如果他们强迫我们做什么不好的事，那之后他们一定会好好犒劳我们；他们甚至还请我们吃巧克力。

在地平线上开始不断地出现一些骑兵侦察队，他们不得不卧倒藏在道旁的沟槽里或者躲进凹地里。

① 这个农妇其实并没有记错。涅斯托尔·马赫诺在5月时与布尔什维克决裂，因为当时他赞成建立起义独立集团军的倡议。6月时，革命军事委员会主席列夫·托洛茨基宣布马赫诺因为拒绝服从指挥而被剥夺公民权。

"开始了，гадаю що так[1]，纪念涅普顿骑兵团的行动开始了。"对于他们的出现，泽沃达是这么解释的。

约瑟夫召开了一个会议。根据罗马民主准则，所有可以拿武器的人都参加了会议，不过其他人就没有到场了。会议上他们决议继续不动声色地向南移动，那里一定会有从哈尔科夫到叶卡捷琳诺斯拉夫尔，再到敖德萨的南部铁路。这次会议的一个额外要点就是女公民维尔卡·克里沃古兹作为厨师编入队伍的讨论事宜。对这一项提议大家也是一致赞同。首先是因为所有人都非常想吃热腾腾的熟食。最好是有波尔塔瓦红菜汤，虽然他们既没有红甜菜，也没有鹅肉高汤。至于普赫可尼克油炸圆包子、曼德雷克乳酪小圆面包、猪肉菜卷和脂油面疙瘩就不用想了。哎，就连圆白菜都不用想了……不过现在晚上已经不那么冷了，不用维尔卡盖着军大衣给士兵取暖了。

游击队已经在草原上过了好几个晚上了，某天黎明时分，约瑟夫被人叫醒了，是惊慌失措的大学生斯捷潘·威尔克，他平日里就是个快活、胆大又冒失的小毛孩儿。他结结巴巴地说，刚刚他去解手的时候，在晨雾里偶然发现有一个高高的土堆，上面吊着很多死人。尽管斯捷潘是个学自然科学的大学生，但在事发地他还是不停地为自己画着十字。的确，沿着土堆的一排电线杆子上挂着一些穿白色长衬裤的死尸。后来他们调查清楚了，这些人都是马赫诺匪帮分子，被白匪抢劫以后绞死在这里。土堆那边就是他们要找的铁路。

---

[1] 乌克兰语，意为"我猜是这样的"。

他们决定埋伏下来，挖出一个窑洞作为参谋部，等待着神秘的装甲列车出现。斯捷潘·威尔克再次被派去做侦查工作。这是约瑟夫犯的一个致命错误。约瑟夫凝视着他，发现比起坐在大学课堂里，他居然更喜欢打仗。傍晚时分，威尔克把一个衣衫褴褛的农民兵带到了他们的驻地，汇报自己捉了俘虏的舌头——不知道他从哪里学来的前线用语。

农民兵几乎一点粥都没喝，看起来有气无力。他们很艰难地从他口中得知，他压根就不知道什么装甲列车，但他时刻准备着服役：他在红军、白军、马赫诺帮、盖特曼斯科罗帕茨基手下、彼得留拉手下全都干过。他甚至还在威尔金一个左派社会革命党队伍里待过，这个队伍只存活了两天，因为所有人都被抓起来枪毙了。

约瑟夫没问为什么他活下来了，因为他看见这个村汉吃饭的时候脱下了大檐帽，里面的跳蚤雨点似的四散跳开。约瑟夫要他把军服掀开，果然，他的肚子上长着红斑疹。他们不得不生起火堆，拿一个大桶把水烧开。约瑟夫吩咐大家把这个士兵的所有军用装具都烧掉，把自己身上洗干净，把衣服都归拢到他这里。但这些都没什么用，深夜时这个士兵开始发谵语，黎明时分就死了。约瑟夫只好传令把他的尸体用在火上烧得滚烫的军大衣包裹起来，匆匆埋掉。但此时已然无济于事，他知道，队伍里很多人都无法幸免于难：带着斑疹伤寒病毒的跳蚤已经在他们之中蔓延开来了。

斯捷潘·威尔克是第一个生病的。约瑟夫禁止他挠痒，但每天早上起来他全身都是挠痕。他身上的伤寒来得猛烈又急促，高烧不退，呓语不断，约瑟夫甚至怀疑，这实际上已经是他患病的第二周了。在他临终前，约瑟夫一步都没有离开过他。他把这个年轻人的死都归罪到自己身上，尽管他根本就没有任何过错……

这种自责之中还掺杂着另一种感觉：作为医生的他面对过许许多多次死亡，但这次对他来说最为特殊。他从没有把自己放到躺在停尸间或解剖桌上的死者的位置上思考过，而现在在这大草原上，望着亡者僵硬的面容，他竟看见了自己。他生平第一次想象自己已经死去。这时候他感觉到了一种极度的孤独，似乎整个世界唯独只剩他一人。这种感觉有时会渐渐向他逼近，有时会因日常琐事而消退，但从此以后再也没有离开过他。

就在第二天夜里，他梦见了他的母亲，他从未和她如此亲近——从前她从未进入过他的梦里。他想，这是疾病的预兆。白天在埋葬了威尔克之后，约瑟夫坐在树下，突然感觉到一阵发冷，脑袋闷闷地发沉。他试图说服自己，只不过是着凉了，仅此而已，得从爱存货的泽沃达的秘密水壶里要点加胡椒的伏特加喝喝。他上一次生病是什么时候来着？好像是在"维多利亚女王号"上？但那也只是很平常的短期不适罢了。

他是医生，没办法自欺欺人太久——他已经出现了伤寒的早期症状，是那个多出来的士兵传染到队里的。那位大学生就是因为他才死的。他似乎是呻吟了起来，因为他突然感觉到，一具很庞大又很温暖的身躯正在他身旁。"是我，维尔卡"，透过迷雾他听到这句话，他似乎感觉到，这个体型庞大、周身温热的农妇能让他暖和一点。像所有重病患者一样，他好想舒服地懒一会儿。有个念头突然一闪而过，他觉得眼前这个维尔卡其实是个很迷人的女人。刚一想到如此，他就陡然发现了端倪：如果他已经把这个脏兮兮的，有点邋遢，满脸麻斑，似乎还有点病态的厨娘看成了可人的年轻小姐，那这说明情况很不妙。是时候结束内战了。

翌日清晨，他强打起精神把士兵们召集过来，吩咐他们把他抬到线路管理员的哨棚里去，而后命令其他人都离开。大家不清楚他到底想干什么，或许，他仅仅只是涌生出强烈的愿望，想死在床上，而不是在这片不毛之地。因为除此之外的一切对于他来说都太遥远了，都不重要了——人之将死，他已淡漠无谓。

小车站叫作巴尔。看到这群武装起来的人，看守员的妻子什么也没有问。她大概已经习惯了，在这个疯狂的时代多问无益，因为没有人能对任何问题给出任何答案。她准许他们把病人抬进了侧屋，那里储放着很多木柴，还有一些准备喂牛的干草。这头牛饱受折磨已久，没东西可以拿来喂它，它的奶出得很少，而如果带出去放牧呢——可以对天发誓，马上就会被草原上那多得要命的剽悍之徒强夺去。女主人只问了病人叫什么名字，士兵中有人说了约瑟夫的姓和名。

泽沃达像为亡者祈祷一样地为他画了十字，眼中噙着泪水。其他人只是向他们的首领最后鞠了一次躬，整支队伍就匆匆忙忙地离开了。

　　他强迫自己喝下了女主人给他的热草汁，感觉稍微舒服了一点，甚至嗅觉都回来了——他嗅到了一种类似发酵了的格瓦斯的气味，还有霉斑的味道：要么就是酸渍白菜，要么就是旁边放着装酸黄瓜的大圆木桶。在半梦半醒之间，他听到了电报机在运行的声音。是谁安的电报机？是白军还是彼得留拉的人？不过，现在这些都不重要了……

　　约瑟夫试着弄明白，自己是怎么落入这种令人难以置信的境地的。在不断向他袭来的心灰意懒之中，他艰难地想着，但没找到一个合理易懂的理由来解释，为什么他会在草原上折腾来折腾去，而不是在自己家中和妻儿一起过着平静安稳的生活。为什么人们不能珍惜简单而平淡的幸福和安稳呢？他们天真地以为：没啥，这种平凡的日常生活永远不会减少。还要怎么减少！还想要将来怎样怀念家庭生活的温暖瞬间？他突然很想吃用梨干和葡萄干做的冰甜羹。最好还有热乎的饺子，里面包着秋天泡软了的樱桃。但一想到酸奶油他就马上泛起一阵恶心。

　　整个国家都像他一样，把自己富足的生活翻了个底儿朝天，只为了寻找某种荒谬至极、空想虚幻的幸福。这个国家注定饿殍遍野，贫穷困苦，遍地虮虫横飞，人民苦大仇深。在临终时分，他想到那些形形色色的人，首先是向往和平的大学生和温顺宽厚的农夫，他们现在正不知为何在乌克兰的各个角落互相用步枪和机枪密集扫射着。居民们死于负伤和伤寒。他想象到了那些货运车厢，里面全是一个又一个病倒的斑疹伤寒死尸和那些还没死透的躯体。他看见了成千上万的疯狂面孔，他们埋伏在堑壕里，等待着瞄准开枪，杀死自己的兄弟和姐妹。而这一切都是像他一样百无一用的理论家知识分子所说的模棱两可的蠢话和种种抽象的理论所造成的。

"您被枪决又是怎么一回事呢？"在一次审问中，普拉维德尼科夫疑心重重地问道，"而且为什么枪决之后您还安然无恙呢？"

"您觉得挺可惜的是吧。不过您也要盘算盘算，如果我当时真被枪决了，那现在就没人能跟您说话了。"

侦查员抬起忧愁的双眼盯着他，带着遗憾的口吻说道："这您不用担心，现在像您这样的大有人在……"他突然打住了话头，似乎说漏了嘴。

"确实，刽子手也不少啊。事情进行得还不错，是这样吧？"

"您就是这么称呼我们部门的工作人员的吗？"侦查员突然大发雷霆，"就是这么说这些怀揣信念和纯洁理想、满腔热血加入党的人的吗?!"

普拉维德尼科夫小心翼翼地望了望挂在窗孔上的捷尔任斯基的画像，好在他没有画十字祈祷，只是挠了挠自己的红眉毛。

"是的，满腔热血是真的。您忘了补充一句：你们的双手也沾满了献血。怎么说，残忍的刽子手一般来说曾经都是叛徒，而且大都是懦夫。世界上懦夫远比傻瓜多，这也是公爵说的。他还补充过一句，正是怯懦造就了蠢人和奸细。"

约瑟夫只是飞快地瞥了他一眼：

"这话都老掉牙了，不过历史总是在重演：那些处决了国王的人，将来也会被曾经一同犯下罪行的战友给砍掉脑袋。或者像现在流行的这样，比较人道地从背后朝后脑勺开枪。您记得库东[1]的故事吗？这个革命者有次在情妇家，赶上她丈夫回来，吓得魂飞魄散，跳窗而逃。他掉进了一个臭水沟，在那里一直坐到了深夜，动都不敢动。因此他冻伤了腿，瘫痪了。他坐着四轮马车去巴黎参加国民公会。所有人都惊慌失措地四散逃跑——因为他这个嗜血成性的刽子手，把一批又一批的犯人送上了断头台，可他们只是刚巧无意中路过的无辜路人……"

普拉维德尼科夫叫来了押解员，把约瑟夫带走了。

彼得留拉从一个铁道女情报员处收到一份电报，后者奉命通知所有出现在车站的武装人员，于是他派来了一整支队伍，杀了自己的老熟人。他是个睚眦必报的人，一直没有忘记当初在白采尔科维成立的小拉达。除了由三个手持最新的奥地利来复枪的枪兵组成的枪决分队以外，这队人里还有负责编写、签署死亡证明的军官和医生，以及合并教会的神父。而最后这一位，大概是深知约瑟夫无神论信仰的彼得留拉为了挖苦他而特地派来的。

他们在干草棚里找到了不省人事的约瑟夫。他身上斑疹伤

---

[1] 乔治·库东（1755—1794），法国大革命时期的激进分子，雅各宾派领袖之一，以严厉著称，坚决主张处死国王路易十六，后因热月政变而被送上断头台。

寒的症状实在太明显了，医生甚至都不需要仔细察看。让病人面壁而立完全是不可能的，他会立马歪歪斜斜地倒下去。医生说他多半今晚就会死掉，就同意了在死亡证明上签字。是啊，在那个残酷年代竟然还残留着一丝往日的人道理念。他们羞于枪毙一位将死的病患，这和后来的和平年代可是大相径庭……

军官下令把奄奄一息的病人抬回棚子。士兵们坐上马背，疾驰而去。医生的马车是最后一个走的，他交给女主人一个小玻璃瓶，嘱咐她用沸水把它冲淡，每小时一勺，一次一次喂给病人喝。到了夜里，约瑟夫就好些了。

尼娜住在哈尔科夫，对丈夫的事情一无所知。对于城郊而言，不用说什么政权变更了——这里根本就没有政权。有时候会有不知属性的骑兵队路过，深夜里在远处的城中会传来枪声。有一天她窗边有一队完全是化装舞会装扮的骑兵矫捷地飞驰而过，骑士的头上飘扬着标语牌：所有国家的乌克兰无产阶级联合起来。还有一次一个没带武器的小伙子走近菜园子后面的篱笆，他说他是绿林农民武装队的，想讨点牛奶。她给了他一壶。

尼娜在邻居给她的苏联报纸上知道了丈夫的死讯①。她拿报纸过来，是希望上面的好消息让这个逃亡的莫斯科年轻女人高兴高兴。邻居只知道她丈夫失踪了。这个好消息是这样的：伟大的工农政权现在已经稳固地永久建立起来，所有人都要过

---

① 无法得知这究竟是什么报纸，因为当时并不存在书刊检查，所以光在哈尔科夫一个地方就有几十种报纸，其中有一些存在不到一个月就消失了，还有一些连最精细的名录上都没有记载。

上好日子了，因为领导政权的是军事委员托洛茨基……

尼娜的目光飞快地扫过去，这些无稽之谈只适用于那些耳根子软的人，他们被折磨得疲惫不堪，苦苦等待着可怜的一线希望，即使只有一点点，即便只有很小一部分都行，只要日子看起来能像正常的生活。不过，这种言论竟然一直充斥于苏联报纸，直到她八十三岁时离开人世，但那时她尚不可知。当时她只是非常强烈地想逃离。因为在报纸的一个小角落，在头版的下方，她发现了一则简讯，上面写着：著名的乌克兰革命运动活动家约瑟夫·阿尔宾诺维奇·M被彼得留拉党人枪毙了。

关于自己以前做的近乎荒唐的事情，外祖母并不喜欢提及。她曾试着去联系当时专政的拉科夫斯基，但她随后很快就明白，以前得到沙皇本人的接见都比这个简单。戴着布琼尼军帽的年轻哨兵守卫着这座帝国风格的州长府，这里曾是全乌克兰委员公馆。哨兵甚至举起了枪，但随后还是好声好气地劝她离开这儿。她带上儿子和剩下的一笔钱，奇迹般地坐上了开往东边的布尔什维克军用专列——部队往南方调遣，是由于高尔察克[1]在乌拉尔地区的大胜……途中她的报纸被士兵们偷走了，这张意义重大的纸页被卷成了纸烟。

伊丽娜·德米特里耶芙娜·莫洛霍维茨好好地接待了她。但她看起来很是娇慵无力。小松鼠还是像往常一样在轮子上跑着，没人被逮捕，也没人被枪毙。尼娜和儿子梳洗完毕，饱餐

---

[1]　亚历山大·瓦西里耶维奇·高尔察克（1874—1920），俄国海军上将，协约国第一次武装干涉苏俄时的白卫军总头目，一度占领西伯利亚、乌拉尔和伏尔加河等地区，并建立军事独裁政权。

了一顿，问起鲍里斯·尼古拉耶维奇时，伊丽娜干巴巴地回答说，现在基本上看不到他的人影了，他连续好几个昼夜都待在军医院里。"他在那儿可是有自己的卧房呢。"她用讥讽的口吻说着，似乎他在那儿还有一个小老婆。"简单来说就是他现在在为新政权做事。"她几乎是气愤地说道。还有些刻薄地说："您丈夫呢？还在战斗啊？"这句话她没有大声说出来，但她是怎么想的已经一目了然了：他们找到干革命的时机的时候，小松鼠饿着肚子，而她自己只剩下一双袜子可穿了。

尼娜没有告诉她，约瑟夫已经牺牲了。

伊丽娜·德米特里耶芙娜忽然想起来："您有一封信！不过，信不是约瑟夫的，是索菲娅从德米特罗夫寄来的。"公爵夫人在信里说，彼得情况很糟，现在行动非常困难。但她那里有很多土豆，农民还会送很多牛奶和鸡蛋过来，尼娜可以跟他们一起住一阵子，在那里会快活得多。她没问起约瑟夫的事，他们多半已经听说了约瑟夫在乌克兰的死讯……尼娜没有多说什么，拥抱了伊丽娜向她辞别，而后出发去了火车站。

近郊火车开得很慢，不仅晚点还总停车，但不管怎样还是开着。尼娜终于到达德米特罗夫的时候，已经见不到活着的彼得·阿列克谢维奇了。公爵夫人也不在家——她乘汽车去莫斯科参加隆重的国葬了。他们家的女仆中有一位体魄强健的农妇，穿着深红色的长裙、黑色的男式常礼服，低低地扎着一根黑色的三角头巾——大概是服丧致哀用的。农妇说，每天早上她都在教堂收拾打扫，神父会跟她一起分享上帝的馈赠。这个秋天他们的土豆是自家的。"您是他们的亲戚吗？太太可是等您好久了。"

"那现在就是亲戚了。"尼娜回答。

约瑟夫也想出了妙招,最终安然无恙地到达了莫斯科。但在前往莫洛霍维茨家之前,他先去了波克洛夫卡。令他吃惊的是,曾经的"咕咕咕楼"已经消失不见了,但他原来的房子还在,房子正面贴满了许多极其粗劣难看的招牌,都是些从没见过的事务所和机构。

伊丽娜并不觉得吃惊——妻子在哪里,丈夫自然也在哪里。她刚从浴室走出来,身上还有薰衣草的香味。很像古罗马贵族,约瑟夫不知为何这样想到。她什么也没问他,尽管已经有三年多的时间没见了。已经这么久了!她只说:"天呐,现在这是什么日子啊,勉勉强强能活命,从前鲍里斯可是经常给我送这样的礼物的……"原来,他和尼娜正巧错过了,只差一天的时间。她很好,儿子尤罗奇卡也很好!刚刚九死一生的约瑟夫,原本根本没指望能活着与家人相见。在伊丽娜·德米特里耶芙娜这里他只待了不到十分钟,她也全然没有留他,约瑟夫为自己的忙乱感到一种无由来的困窘,给鲍里斯写了一封短信,就也匆匆忙忙地赶去了火车站。但伊丽娜还是给他塞了一个三明治上路。她探过身来想吻他一下,但还是没能战胜自己——约瑟夫身上不干净,且有一股难闻的气味,似乎有点儿发酸。

他没被允许进火车站:人们在等着一班专列的到来。

那里聚集了很大一群人,但没有一个人想给约瑟夫解释清楚他的问题,他们看着他身上拆掉了肩章的奥地利军大衣,活像在看一个政治犯。但是在他们断断续续的谈话声中，约瑟夫还是弄清楚了，致命的痛苦击中了他：他再一次来迟了，从德米特罗夫运到莫斯科来的是公爵的遗体。

有人碰了碰他的衣袖。他回过头看了一眼，几乎没有丝毫惊讶：是巴布尼亚，应该说是戈沙·赫兹。

戈沙把手指放在唇边。

"现在得叫我梅福季·里基阿尔多布罗。"

就像所有天生的革命者一样，这个人无法改掉自己故意耍活宝却另有密谋的习惯，即便是在葬礼上，即便他已不再年轻了。他身上的西装很像化装舞会时的装扮，很衬他新名字的气质，大概是某种羊毛做的，可能是牧羊人式的，像是毡斗篷又不是毡斗篷，还有一顶帽檐望不到边的高加索男便帽。他的胸前装饰着一枚红色的蝴蝶结，手里拿着一朵鲜红的纸玫瑰，用钢丝捆在一个小木块上。

"你从哪里过来这边的?"约瑟夫问，他已经不会再为这个惊讶了。

"我做了担保，从监狱里放出来了。我，还有其他六个人都是这样①。可以说，是让我们还最后一笔债。您也和这位死者很熟吗?"

约瑟夫懂了。就是这个巴布尼亚——这个革命中悲戚的幽灵，活生生的讽刺悲剧，象征着致命的狂欢，他是人类对于丑剧的永恒喜爱、对头脑健全身体健康之人的讥笑的奇怪化身。

_____

① 公爵出殡时来了一群举着黑色旗帜的无政府主义者：有很多无政府主义者早在 5 月 18 日就被契卡逮捕了，但这次有七个人被保释了。

最终，他还是自我否定和自我毁灭的化身……他转过头去，什么也没说。

当他在卢比扬卡地下室囚房里的单人床位上认出这个巴布尼亚的时候，他也是这样，毫不惊讶。这个年迈的 maverick 被拖进了囚房，看来在审讯过后，他被安排到了约瑟夫的对面床位。他的鼻子和嘴唇都淌着血。

"Bonjorno."这个革命老小丑勉强挤出一丝气力，用被打出血的嘴颤抖着说。

"Buono sera."

"Come siete?"

"Sto bene. E tu?"

"Sto molto bene. Grazie … "[1]

巴布尼亚，确切地说是戈沙·赫兹，更确切地说应该是梅福季·里基阿尔多布罗，终于失去了知觉……

外祖母后来回忆，找到了丈夫的时候，她是这么描述的，似乎在这之前他一直在跟她玩捉迷藏，她很害怕：不，这不是那个他，他看起来那么憔悴，消瘦得如此厉害——一个人孤零零的，没有妻子，也没人照顾……但吓到她的，是他脸上那种极度孤独的悲伤。似乎他在某个地方待过一阵子，而一般人都死在那里再也不会回来。

"准备一下，"已是第三天，先前的探问和他惜字如金的回

---

[1] 原文为意大利语，意为"日安""晚上好""过得好吗？""谢谢，你呢？""谢谢，我很好"。

答都已经结束了，他尽可能地用温柔的口吻对妻子说，"我们是时候动身了，尼诺奇卡。"

"天啊，我们去哪儿？"

"我们必须回乌克兰，"他耐心地低声说，向她解释清楚了一些简单的事情，就像在对着一个孩子说话，"你知道的，必须停止建设欧洲统一联盟。我们是从意大利和波兰开始人生的，现在我们要让整个乌克兰像披风一样包裹住我们……"

她含泪凝望着他。她了然，他已经因为所遭受的这一切折磨而几乎失去了心智。她背靠着门框慢慢地滑落，在她奇怪的似笑非笑中饱含着痛苦和钦慕。她爱着他。

第二部

在这个动乱的年代，世间一切星移斗转，而首府哈尔科夫似乎依然如故。

这座城市中心有两条庄严肃穆的街道，白杨成荫，街道两侧有几条弯弯曲曲但整齐有致的小巷，它们汲取了幼嫩的绿色，节奏一致地伸向四面八方。城市一如往常，飘浮着一层外省城市才有的灰尘。看起来乱哄哄的报喜集市和从前一样喧喧嚷嚷，摩肩接踵的市场上人声鼎沸。穿着宽大漆布围裙的鞋匠们在商铺门口修理鞋跟和鞋掌，一副若无其事的样子。沿街叫卖的小贩嗓音依旧洪亮，在半地下室售卖常见的五金商品。一些糖果铺似乎拔地而起，橱窗里深色的松露巧克力摆在厚实的黑盘子上，温润诱人，巧克力上挤满小山一样黄色、粉色和浅绿色的奶油。城里的居民和往常一样坐在门前的长椅上嗑葵花子。瘦骨嶙峋的流浪狗趴在尘土里，亮出粉蓝的舌头，一切和沙皇时期并无二致。院子里，短腿女人们脚踏皱巴巴的拖鞋，不知是印花布还是绒布罩衣的衣襟掖在腰里，她们正往绳子上晾晒衣物，一看她们那些尖声喊叫的孩子，就知道这些人还会一如既往地奋力生儿育女。蜡

烛、面包、柴火、咸猪油、牛奶、肥皂、纸张、书本的数量
虽然不如从前充足，但总算又有了①。不过，最后两类物品
的需求量有所下滑。

哪儿都看不见布尔什维克。

只是偶尔会冒出来一个穿皮衣的人民警察，或者某个罗圈
腿红军，形单影只，挎着一个匆忙抄起来的皮枪套，出现在城
里……和从前一样，教堂在日祷前敲钟，私人澡堂也恢复了
营业。

事实上，这根本不是从前的哈尔科夫。

不同颜色的革命者们恶魔般地践踏这片土地，城市就像一
个惨遭蹂躏的妇女，一边含泪吞咽着饱受欺凌的苦果，一边抹
把脸，重新经营日常生活，但城里有什么东西凌乱了，脱轨
了。因此，哈尔科夫对最终掌权的那些政委视若无睹。居民们
姑息过往，错以为最糟糕的已经过去了，可以尽力忘记一切，
像从前那样生活。

但是，像从前那样生活已经不可能了。哈尔科夫变得萎靡
不振，邋里邋遢。

城里的体面人消失了。他们住的楼房现在变成了一些办
事处。他们家里挤满了陌生人，通常是来自农庄和草原的
人，他们不仅把从前带壁炉的书房当成了卧室，还占领了
浴室。

---

① 很难说叙述者是否有意一字不差地引用了米哈伊尔·库兹明的《报喜天
使》（1919）一诗。

街上，人们的面孔变了。变化快得似乎在一小时之内就发生了，就像是为了跟科学作对，管它什么民族学还是人类学，虽然构成人的材料和从前没什么区别。人们的表情变得平实粗糙，浮现出某种穴居时代的原始特征，即使某些公民直到现在还怀揣手帕，戴着夹鼻眼镜。

约瑟夫回首四望，竭力回忆人类历史中是否有过速度如此惊人的变革先例，这一切的发生才花了一年半的时间。他想起了一个德国小公国的再洗礼派[1]教徒起义，但那是在差不多四百年前，离这里不远，也是在欧洲。

唉，人类的天性真是不可救药。

当时，那个德国中部的小城爆发了革命，而且革命胜利了。新政权把首都命名为新耶路撒冷，和俄罗斯晚些时候两度为彼得堡改名一样，之后，他们又给一些不那么重要的城市重新命名。同时，街道和一星期中的每一天也有了新名称。恐怖行动开始了，那些不守规矩的人被毫不留情地干掉了。街头挂着"与人为善"的标语。刽子手们吃完早饭去上班，看到这条标语后，满意地点头说，的确如此！公民们得到命令，必须互称兄弟姐妹，就和如今互称同志一样。禁止悬挂法国招牌。女性必须佩戴首饰。如果丈夫欺负妻子，那么后者可以向政府告状，和如今给党委写信差不多。独裁者现身了，他就是领导起义的那个人，也是推进全面共产主义的那个人。所有财产都是

---

[1] 16世纪宗教改革时期激进的平民宗教派别。

公有的，禁止旧钱流通。新年从起义胜利那一天开始算起。居民们无权紧闭门户，因为房子已经不再属于他们，现在来看，这就是公有住房，狗只能在早八点到晚十点这个时间段内吠叫。大多数时候人们集体进餐，旁边有人高声朗诵《旧约》，如果你愿意的话，也可以说这就像现在伴着《国际歌》吃饭一样。最初的禁欲主义之风过去后，滥交盛行，当然，统治者为数众多的情妇并没有构思出杯水主义[1]理论。很快，那里的中央委员会就富得流油，而普通居民却忍饥挨饿。而这一切都是以在地球上建立神圣王国的名义，而且要在最短时期内建成①……

在写给老底嘉教堂[2]天使的信中，圣徒约翰悲叹道：你说我发财了，什么都不需要，可你不知道你很不幸，既吝啬又卑微，既无知愚昧又毫不掩饰。写这封信的时候，离最早一批不贪私利的基督教徒建立宗教功勋已经过去了

---

[1]　杯水主义是一种性道德理论，产生于苏俄时代现代女权主义对性的理解，它认为在共产主义社会，满足性欲的需要应该像喝一杯水那样简单平常。

①　无论何时，无论何地，获得共同救赎的观念都打算彻底改造一切。苏联的集权制度试图改造地形，平衡水流，培育前所未闻的高产植物，开拓寸草不生的土地，改变河流的流向，改造气候，在火星上开辟苹果园。但集权主义首先拿人开刀，想改变人的天性。于是，20年代末，"新型苏联人"这一词组破土而出。还有一点很重要，官方宣扬领袖崇拜，同时还声称历史即将终结，60年代初，官方宣布这一代苏联人将进入共产主义社会。而共产主义是最高阶段，既然如此，历史则会中断。与此同时，永久欢庆节日的氛围很重要，工作日会变成愉快的节日，人们将在苏联发出欢声笑语。当前俄罗斯的制度在很多方面复制苏联，节日数量位居世界第一。

[2]　老底嘉教堂是古代都市老底嘉的地方教堂。

二十年。

不需要追溯太远，就可以回想起乌克兰这个地方的马赫诺无政府主义者是如何消灭私有财产的①。上层领导很快藏匿起了大量掠夺来的金子和珠宝。纯粹的无政府主义者就像现代派该做的那样，彻底推翻了一夫一妻制，每个人都建起了后宫，占地为王。这个没有政府的国家除了梅毒传染病，简直一无所获。

约瑟夫一家来到哈尔科夫依然要感谢拉科夫斯基。约瑟夫给他写了一封信想碰碰运气，结果收到了非常热情的回信和附言。而且克里斯托没打探任何细节，毫无疑问，他愿意和有教养的人打交道。同样显而易见的是，他急于求成。

约瑟夫被任命为州粮委办公室的员工，这个委员会是乌克

---

① 俄罗斯基本扫除文盲之后，所有人开始互相写信或独立写作，即使通常情况下并没有任何这样做的必要。一些人的本职工作与写作毫无关系，但他们仍然笔耕不辍，如阿瓦库姆大司祭和牧首尼康、沙皇伊万和库尔布斯基公爵、叶卡捷琳娜女皇和共济会会员诺维科夫。宪兵、州长、外交官、民粹派和囚犯都在写作。首领马赫诺也写过小说和诗："诅咒我吧，请诅咒我/如果我说了哪怕一句谎言/想起我吧，请想起我/我为真理，为你们而战⋯⋯/看那枪林弹雨/马刀闪亮，高高举起/你们为什么别过头去/我为谁献出了生命？"这首诗写于1921年越过罗马尼亚边境之后，似乎是写给过去的布尔什维克盟友的。可能，苏联时期写书面报告的传统或多或少导致了普遍的告密行为的发生。"写告密信"这一说法产生在苏联时期并非毫无缘由，在沙皇时期，人们通常说"告密"。

兰虎头蛇尾的合作化运动的可怜残骸①，给他规定了一些模糊得不能再模糊的职责。这是一个肥缺。任命书规定 A. M. 约瑟夫同志负责办公室的科研工作，这显然是不需要负任何责任的委婉说法，办公室哪里会有什么科研工作！简而言之，克里斯托给这位资深的移民同志安排了一个暖和的地方，还有固定住所——这个词早在苏联时期就出现了。这种特权尼娜一周只使用一次，她从食堂的清单中挑选一些配给食品拿回家，比如米、通心粉、糖、盐，还有火柴等。其他东西她在市场上买，而烧炉子用的煤油则在重新开张的煤油铺里买。

有三个房间，餐厅在温暖明亮的露台上，面对着花园，他们雇了尼娜从前的那个女管家。这栋房子没人占用，离约瑟夫上班的新址只有两个街区。

女管家对约瑟夫的死而复生并不感到惊讶，现在这种事情时有发生。而且尼娜漂亮可人，体型匀称，聪明伶俐，在这种人性莫测的时候，她完全可以给自己再找一个丈夫。谁知道呢，也许这个人其实也是新认识的……事实上，真让女管家大惊失色的倒是她看见尼娜和小儿子还活着，而且安然无恙，没

---

① 苏联成立初期，合作化思想的主要宣传者是克鲁泡特金。通常认为，最早提出这个想法的是美国人罗伯特·欧文，他还是"新和谐公社"的创立者。大公从英国引入了合作化这一想法。1844 年，纺织工人成立了罗奇代尔公平先锋社协会，合作化从此时起开始实践。在俄罗斯，西伯利亚的奶制品工人被公认为是合作化的开拓者，他们组成协会，占领了欧洲市场。而且，早在 17 世纪末，旧礼仪教派和反教堂派分子成立了经济独立城市公社。因此，上世纪 80 年代末合作化进程的推进主要依赖某些国内经验，也包括短暂的苏联时期的经验。较为典型的是，80 年代戈尔巴乔夫的合作化也很快变成了噱头。克鲁泡特金就布尔什维克对这一运动的态度这样写道："从第一国际（1872 年）开始，我们经常和社会民主党员的规定做斗争。既然不是我们的东西，那么最好不要让它存在！"

忍饥挨饿。太好了，现在又可以聊个痛快了。

这是安静和气的三口人。约瑟夫似乎已经容忍了乌克兰卑躬屈膝的命运。不管怎样，乌克兰的自治还是举足轻重之事，只不过它必须得推迟进入欧洲的脚步了。小尤拉得到了一份礼物，一辆儿童铁皮脚踏汽车，不过女管家的公鸡特别讨厌这辆车。

在这种安定祥和的家庭氛围中，约瑟夫完成了一部乌克兰语的大作，书在哈尔科夫出版，出版社收归国有已经好几年了，书名叫《农业合作化》。在这一卷中，篇幅最大、内容最详尽的章节是写澳大利亚合作化运动的，世纪初，澳大利亚已经取得了十分丰硕的成果。这部书受导师影响颇大，而且是献给他的，唯一遗憾的是，导师已经读不到了。

有一件事让尼娜很伤心。她找到了约瑟夫的一封信，是他前妻索尼娅从莫斯科寄来的。从信里得知，她和儿子早在1922年就回到了俄罗斯。约瑟夫的大儿子——你还记得有这么一个儿子吧，索尼娅在括号里写道，语气充满讽刺——学地质专业毕业了，正在西伯利亚的某个地方谋生，儿子即便写信也写得很简短，她在这荒蛮的筒子楼里孤身一人度日。不过她对工作很满意，现在俄罗斯的生物学一片虚假的繁荣，她当上了大脑研究所的标本制作员，毕竟她的专业是生物学。

不管约瑟夫在新苏联生活和布尔什维克事业方面有多幼稚，这封信还是让他产生了戒备之心。报纸已经报道过，说与世长辞的列宁的大脑已经送进一个为此专门成立的实验室进行研究。而且，根本无法想象这么重要的国事不在契卡的密切监视下进行，这也是索尼娅能找到他的原因。

"她在瑞士有什么待不住的呢?"尼娜耸了耸肩膀说，压根没考虑过什么世界革命领袖的大脑。她显然不了解索菲娅·施泰恩，后者没让她产生信任感，至少并不讨尼娜喜欢。

约瑟夫单位的气氛也渐渐发生了改变。来了一个新领导，是个麻子脸退伍政委，在国家政治保安局犯过错误，有传言说，是因为他从商铺收的杂税太多，即便对那个年代来说都多得太过分了。约瑟夫的自由自在，还有他本人，都不招新领导喜欢。当然，领导不可能立刻解雇从上面空降下来的员工。但他为约瑟夫想出了一个新职务——既然您懂那么多门外语，那就给您这份工作干干吧。

这句话听起来充满蔑视。这个外国人让前政委觉得十分可疑，他那种彬彬有礼的表情和英俊潇洒的模样也让人不开心。

原来，苏联国家机构异想天开地把新阿斯卡尼亚[1]保护区也交给了粮委会。革命保护区（这是它现在的叫法）从前沙皇时期的那些员工已经所剩无几了，所以没人去读那些依然准时到来的外文读物。于是，约瑟夫与家人匆忙别过——为何要如此匆忙，没人对他解释——前往曾经的赫尔松省出差，路途

---

[1] 新阿斯卡尼亚位于乌克兰。

遥远，期限不明。

　　他不得不乘坐了一辆敖德萨绿皮慢车，每半小时在破烂不堪的小站停靠一次。当然也有蓝皮火车，里面有包厢，有床单，甚至还有带铁杯托的茶杯，有时杯子上还有花体字。但买不到这种火车的票。黄皮火车是带软座的，但十月革命后已经绝迹了。骚乱期间，马赫诺和彼特留拉的成员喜欢待在里面，沙发被开了膛，椴木桌面上全是按灭卷烟的印记，厕所要么堵了、脏了，要么就遭到了彻底的破坏。

　　乘坐绿皮火车的是一些长得像茨冈人的乌克兰女庄员、摩尔多瓦农妇和蓄长发的当地犹太人，还有盖着头巾和毛巾、装在篮子里的鸡，装在笼子里的火鸡，车厢连接处竟然还有一只山羊。坐在对面的妇人带了一只棕色的小猪，放在怀里——她一对大乳房之间最温暖的地方。车上散发着各种各样的气味，动物们的臭气，女士们身上的香皂味，肥料和蜜饼味，乘客们嗡嗡嗡地用乌克兰语聊天。约瑟夫感受到了一种理论民族学层面上的激动，这种感觉就好像一个知识分子从别墅回家时[1]，突然见到了老百姓。是啊，如果有教养的纯俄罗斯人在本国民众当中深受感动的话，就像米克卢霍-马克莱[2]见到巴布亚人那样，那么，对于依然是外国人的约瑟夫来说，这种感动就更可以得到宽恕了。

---

［1］　俄罗斯人的别墅通常位于靠近农村的郊外，他们周末去别墅休息。
［2］　米克卢霍-马克莱（1846—1888），俄罗斯民族学家。

难道国内战争期间他什么都没学会吗？当然学会了。一场大火烧毁了不久前在欧洲最繁荣富强的国家，烧毁了它奢华的贵族、兴旺的商业、宏伟的宫殿和教堂、皮革厂和面粉交易所，这一切约瑟夫可不是远远观望，而是置身其中的。大流血年代，他没躲在地窖里，而是看到同村人无谓地互相残杀。那场风暴他也不是从对岸看到的，那么多诚实的年轻精英被风暴吞噬。但这些年轻人没错，是有人用那些不知所云的红色词句蛊惑了他们，用实现不了的许诺蒙蔽了他们的头脑，用黑色的酒精把他们灌得酩酊大醉。也许，这些饱受革命折磨、衣衫褴褛的女人们亲自给红军洗过包脚布，送他们出门时，在他们背后悄悄画过十字……

侦查员普拉维德尼科夫出乎意料地再次研究起了笔录。他似乎对约瑟夫和拉科夫斯基的交往格外感兴趣。不过他已经知道他们认识了，克里斯托的名字从前也在审讯时提到过。但现在，他狡猾地眯缝起眼睛，突然问道：

"那就是说，您直接执行克里斯蒂安·拉科夫斯基委派的任务？"他边问边翻阅文件，"他就是英沙罗夫[1]吗？"

约瑟夫顿时明白克里斯托也被捕了。但是他不知道，后者也和他一起关在内务部人民委员会的内部监狱里，在离他不远的牢房里，也可能就在隔壁。他也不可能知道，拉科夫斯基犯的是所谓的托洛茨基团伙罪，在严刑拷打之下，他已经承认他

---

[1] 英沙罗夫是屠格涅夫长篇小说《前夜》中的男主角，是革命者。

是日本和英国双料间谍。

"我没为他工作过，"约瑟夫说，"拉科夫斯基同志在贵党的职位太高，而我从来都没入过党……"

约瑟夫称克里斯托为同志，是就这个词最初的、布尔什维克之前的意思而言的。

"但是您去赫尔松省出差是公民拉科夫斯基个人签字批准的。也许您连这个也不知道？"

窗外的小树林渐渐枯萎了，很快，只能看见一片鲜绿的羽茅草原，长满鲜红和亮黄色的罂粟花。约瑟夫在市图书馆的资料中得知，1828 年，沙皇尼古拉一世把现在的新阿斯卡尼亚出让给了阿斯卡尼亚王朝的德国公爵费迪南德·冯·安哈特·科腾，让他建一个山羊养殖村，就像晚些时候与他同名的孙子把阿拉斯加卖给美国人一样，尼古拉一世出售土地的价格十分低廉。约瑟夫还记得一个情况——二十年前，正值革命前，蒙古的一个保护区买了十二只普尔热瓦利斯基马[1]，这一小群马后来被驯化了，繁衍了不少后代。让人好奇的是，这些马是不是顺利度过了弗兰格尔[2]男爵时代和随后那些穿皮衣的红军政委时代。在哈尔科夫有人警告他说，20 年代在半岛和周边发生的克里米亚饥荒十分可怕，而且没有完全消除。

---

[1]　一种野马。

[2]　弗兰格尔（1878—1928），俄国国内战争时期白军方面策划人。

在乌克兰，关于这段时间流传着一些哥特式的恐怖故事，克里米亚的饥饿笼罩着一层魔鬼般恐怖的色彩。这不难理解，1920年，粮食产量丰富的伏尔加河沿岸也饿死了很多人，但死去的多半是普通农民。而克里米亚留下的很多人都是从前的教授、律师、医生和文学家，还有经历过日俄、德俄战争的军官，以及一些十分年轻的贵族士官生。和弗兰格尔一起撤退的人并不多。因此对于雅尔塔的契卡来说，要枪决的人数不胜数[①]。

人们自己也互相残杀，昨天还是和睦的邻里，今天却为一头牛，为一只没油水的鸡，为一袋面或一斗豆子起了杀意。据多渠道证实，野蛮的克里米亚鞑靼人比那些饿红了眼的居民要体面得多，更不用和那些城市底层人比了。当然，当地的鞑靼人过得也比较富裕。过去的别墅客用从前的漂亮物件和他们换食物。最开始拿镜子和小塑像这种没用的东西换，之后用少见的贵重物品换，用金子、首饰、银餐具和昂贵的茶具换掺秸秆的面饼、鸡蛋、羊奶、羊奶酪和家酿葡萄酒。之后三件套、两件套、晚礼服、男女皮鞋和刺绣罩衫等等都派上了用场。但饥饿慢慢逼近。1921年春天，嫩绿的炸扁桃仁变成了第一根救命稻草，因为吃生的有可能中毒。人们煮皮带吃，吃饿死的家畜。一些食人的传闻开始滋生蔓延。

---

① 伊万·什梅廖夫在《死者的太阳》——可能是俄罗斯文学里最可怕的一本书中，借一位主人公之口说："我甚至计算过，只在克里米亚一地，三个月之内，未经法庭审判就遭到枪决的人就装满了八千个车厢……三百辆火车！十吨尸体，年轻人的尸体！十二万个人。"

　　曾经的约瑟夫·M 先生，即此刻正在接受审讯的公民约瑟夫·阿尔宾诺维奇，坐在孤独的牢房里，面带忧郁的微笑回忆着昨天晚间简短的审讯。

　　"那您的真名是什么，M 公民？"侦查员还没跨进门槛就出人意料地问，"想掩饰身份，藏起来吗？"

　　"您已经办理我半年了……对不起，和我工作半年了……您怎么会不知道呢？"约瑟夫坐在了侦查员桌旁的椅子上，审讯的时候他通常会坐在那儿。

　　"站起来！谁让你坐下了！"

　　约瑟夫站了起来。他看了看侦查员的眼睛。有一天这个人冲他提高了嗓门，约瑟夫便礼貌地对他说："您再冲我嚷，我就一句话也不说，一个字也不签。"当时这句话起了作用。

　　"您不要跟我在这儿……不要跟我开玩笑！"侦查员公民同志冲那张几乎空空如也的大桌子猛地挥了挥他那没长汗毛的小拳头。"那这是什么？"他从卷宗里扯出一张纸扔到约瑟夫面前。他随之和解般地说："请坐吧，约瑟夫·阿尔宾诺维奇。"

　　"着急吗？"约瑟夫关切地问了一句。他坐了下来，捡起扔到他面前的那张纸。他认出来了。这是从意大利语翻译过来的出生证公证，证明他的出生和受洗，本来是附在派遣他去西班牙的申请信后面的。

　　"这有什么让您觉得不对的？"

　　"您的名字足足有三个！"侦查员心力交瘁地说，"你说我该怎么写文件呢？"

　　约瑟夫确实有三个名字：约瑟夫、彼得和保罗。日常交往中他有时会用第一个名字，而剩下的那两个名字他一直不记得，直到导师 7 月份在彼得和保罗日为他庆祝了命名日。这也是公爵逃脱逮捕的日子。约瑟夫也庆祝起了这个日子。

他同情起了这个可怜的普拉维德尼科夫。他说：

"您别这样，先生，别担心。您就像以前一样，写约瑟夫·阿尔宾诺维奇就可以了。您不必担心那两个名字，那是资本主义天主教堂的小把戏。想把诚实的人搞糊涂……您就忘了保罗和彼得这两个使徒吧！我和您现在生活在另外一个时代……"

"好吧，可能您说得对。不去管了。但是您自己也别说漏嘴了。万一……您只有一个名字，就这么定了！"

"当然，就这样。"犯人答应了，"您简单些，我也方便些。"

约瑟夫下车的小站上，迎接他的是一个驾马车的农夫，马车上套的马疲惫不堪，浑身泥泞。

"我被派来接您，"农夫说，"除我之外没人会赶车。那儿谁都不会使唤马。但他们一直在等您，做准备……"

这个农夫很健谈，身手麻利，甚至有点好动。他帮忙把箱子和匆忙打包的一摞书抬到了马车上。约瑟夫坐到稻草上，农夫拿起缰绳，一声没吆喝，马就动了起来，步伐安静沉稳，以防自己意外摔倒。约瑟夫觉得路途会比较遥远。

"你叫什么名字？"经过村庄最后几栋楼房的时候，约瑟夫问他。

"达尼拉。"农夫朝约瑟夫转过身来，他蓄着长黑胡子，面带微笑，他的脸好像不是晒黑的，而是天生的，从里往外透着黑色。他开心地说出了自己的名字。

但之后他一直没吭声，路况和那匹疲惫不堪的马让他丝毫不能分神。四周一片寂静。田野上早已不再耕种，长满了杂草、乳菇和野大麻，静悄悄的。单调乏味的天空低悬在平原之上。只有黑色的老鹰给这片沉重带来一丝生气，它从容不迫地从天空掠过，搜寻着慢吞吞的田鼠。

"是呀，如果你相信自己不会死，那么你就不会死。"达尼拉突然清晰地冒出一句。

"这个忠告不错，"约瑟夫点头称是，虽然感到有些惊讶，"你在保护区工作吗？"

"是，我是他们的更夫。什么活都干……打下手，买马，还要生炉子……所以我要对你说：多相互走动走动，对人要热情迎接，要做善事，对上帝祈祷。读点好看的书吧，"农夫解释了一下，"哈利通人[1] 说，沃洛格达[2] 河岸的地底下有圣人。他们说得很好，很正确。他们不是说得很对吗？"

"当然很好。"

"基督从天而降，和他们谈过话……"

这个农夫显然是个信徒，约瑟夫以前受托照料的那些反仪式派教徒也是这么跟他说话的。那是四分之一个世纪之前的

---

[1] 哈利通是白俄罗斯居民区名。
[2] 沃洛格达是俄罗斯城市。

事了。

过了一会儿他们停了下来。他们跳下车，不过没地方可躲，只好在太阳下暴晒，赶车的解开了一块干净的大手绢，里面有鸡蛋、黄瓜和玉米饼——别客气，亲爱的，上帝赐予什么就吃什么吧。约瑟夫随身带着一罐开水，里面还加了点白兰地以防万一。但是达尼拉一闻到水里有酒精味，马上就不喝了。

"你识字吗？"

"当然识字。"

"你会把你刚才在路上对我说的话记下来吗？"

"不会的，我说的都在这儿，在脑子里。"达尼拉摸了摸圆滚滚的鞑靼毡帽。

"给你一个笔记本吧。"约瑟夫递给他一个只扯过两页纸的笔记本，还有一截奇迹般保留下来的铅笔，那还是美国产的，已经用了一半了。

"哦，谢谢。"达尼拉又开心地笑了。他的牙齿干净整洁，因为信徒们从不抽烟喝酒。他舔了舔铅笔，试了试，在本子上划了点什么。"我会为你祈祷上帝的。祈祷基督和圣母。我也会告诉家里人。"

又过了差不多一小时，前方那片亮绿色的灌木丛已经变得昏暗了，马车渐渐走近水面。闻到潮湿气息的马发出了渴望的嘶嘶声。这是人称恰佩尔炉底的天然峡谷，一到春天，融雪就会把这里变成一处五公里乘五公里的湖。水退去的地方显露出一层层干硬的红土地，已经开裂了。小丘上，尖细的绿椴树下面，隐约可见一个生锈的房顶。这可能是保护区的办公室。之后又露出两三栋楼房，这是给员工盖的二层小楼，优质德国住房。

老住户们对他彬彬有礼。炎热的午后，南方的好心人通常会小憩片刻，所以接待他们的是唯一一个年轻农妇，在这片没人的草原上，她算得上面容姣好，机灵麻利，没人说她是干什么的。农妇小心翼翼地迎接了他，多少有些奴颜婢膝的样子。他们可能把他当成了监察员，哈尔科夫可给他们提供了不少严肃文件。

他们按照接待老爷的标准接待了他，拨给他一栋独立的大房子让他住，从战争初期开始房子就一直空着，现在已经仔细打扫过了。

"您可以去我们的厨房打热水，"农妇关切地说，"那里的茶炊总是热的。下面，在地下室里，有一个冰窖，您好好安顿一下吧。"

"我叫约瑟夫，"约瑟夫说，"约瑟夫·阿尔宾诺维奇。您叫什么？"

"安吉拉。吃饭呢，我们希望您和所有人一起吃。只是我们的饭菜很简单……"

"别在意，现在哪儿还有什么讲究的菜。"约瑟夫摆了摆手说，农妇这个对于深山老林来说十分具有异域色彩的名字让他稍感惊讶，他发现农妇的举止其实十分自信，柔和的热情和忙碌多半是装样子的。她的笑容不太真诚。

"要是您想写字，那上面有一张桌子……书可以放在小书架上……"

"谢谢，我怎么都会弄明白的。"

农妇走了。

的确，有一个雕花精美的木楼梯很方便地通往阁楼，上面有一张钉得很结实的自制小桌，刨得平平整整。阁楼散发着温暖的木头、木工胶水和窗外艾蒿的味道。房间外的景色很好：天清气爽，没有一丝云朵，草原远处能依稀辨别出克里米亚山脉烟蓝色的轮廓。要是能站到更高的地方，那么右边就能看见地平线近旁的大海。

这个地方不错，但约瑟夫在这儿也是无事可做，政委其实是给他安排了一次愉快的流放。无须赘言，国外的杂志已经不再寄来了，保护区也没有用来续订的外币。旧杂志早已读完，而且剩下的也只是那些带插图的铜版厚杂志，因为没法儿用它们来引火。根本不需要再订阅任何杂志了。

第一天晚上，除了赶车的和管钥匙的，约瑟夫还遇到了一个员工，后者介绍他是实验员，名叫扎瓦多夫斯基。他们在一张桌子上吃饭，实验员话不多。看安吉拉上菜时亲切称呼他的样子，约瑟夫认定他们俩不是一般的工作关系。他还发现这个实验员身上的军装肥大得像个口袋。他以前是个军官，而且他想掩饰这一点，扎瓦多夫斯基的体型和姿态都像军人，他恐怕已经习惯了贴身的军服，而不是从别人身上扒下来的军便服。

"您安顿得怎么样?"实验员问约瑟夫。但他笑得很不成功——扎瓦多夫斯基左侧脸庞有一道白色的撕裂伤疤，似乎是受过刺伤，这让他的脸看起来很丑陋，毫无表情。他的鹰钩鼻和毕巧林式的小胡子给他的脸平添了一份阴沉。圆润的嘴唇暴露了他的贵族身世……

"您顺便来坐坐吧。"约瑟夫向这位新同事发出了邀请。他在扎瓦多夫斯基身上感觉到了某种隐藏很深的敌意和危险。在这种情况下，约瑟夫不喜欢死等，他想立刻确认对他的这种不友好是出于什么原因。——上帝保佑。

"您是外国人？"扎瓦多夫斯基问。

"波兰人。乌克兰波兰人。加利西亚的。确切地说，我应该是罗辛人[1]。"他没提自己母亲那边的意大利塞尔维亚血统，也同样没说自己是美国公民。

"怎么说呢，我也是波兰人，如果按父亲那边算的话……去坐坐是可以的，约瑟夫先生，为什么不去呢……"

扎瓦多夫斯基起身走了。约瑟夫透过窗户看见一个小男孩走到他跟前。这位实验员的大衣口袋里似乎有几块水果糖，是从破了的小纸袋里掉出来的。小男孩显然知道有糖，而且还不止一次吃过。扎瓦多夫斯基和小孩说话的时候，他的手势中显露出一种腼腆的温柔。约瑟夫在他的难为情当中看出这位军官对孩子的怜悯，没准儿就是他剥夺了孩子父亲的生命。小男孩把糖果一下子塞进嘴巴，又灵巧地吐出粘在糖块上的烟叶。

---

[1] 奥地利、德国、波兰和俄罗斯在 1940 年之前的正式文件中对居住在加利西亚等地的乌克兰人的称呼。

晚上扎瓦多夫斯基来了，随身带来了一瓶浑浊的酒①。根据水果香气可以判断出这是瓶烧酒，是用去年花园里掉落的李子、杏子和梨发酵酿制的。他还带来了两个杯子，一块黄色的咸猪油，一大块黑麦面包，洋葱和黄瓜。

"现在我们斯拉夫人就只有这些东西了。"

客人还没等主人发话就坐下了。他从大衣口袋里掏出一把折叠刀，快手切开了咸猪油，麻利地倒上了烧酒，正好倒了两个半杯。

"欢迎！"

"为我们相识干杯。"

扎瓦多夫斯基习惯性地一口气喝干了酒，之后咂了一小块咸猪油。约瑟夫硬着头皮刚喝了三分之一就呛住了，他闻了闻面包[1]。

"怎么，太冲了？您吃点菜。"扎瓦多夫斯基不无嘲讽地说。他假装没发现主人的窘态，问："您一路顺利吗？"

"那个车夫很特别，"约瑟夫喘了口气，一边闻着面包一边说，"他好像是鞭身派教徒。"

"是啊，是啊，鞭打鞭打，寻找基督。他们很温顺，可你不知道他们会做些什么。他们眉头也不皱就接受了新政权。而你们这些布尔什维克跟他们在阶级上十分接近，他们也宣扬共

---

① 此事发生在1925年。不知道叙述者是否了解，禁酒令恰好是1925年取消的。革命后七年间首次售卖伏特加，消费者按粮食委员会的叫法称之为"雷科夫卡"。六十年后，安德罗波夫执政时期，不可思议的反酗酒运动结束后，大批伏特加又同样开始无限量销售，民间把酒叫作"安德罗波夫卡"。

[1] 俄罗斯人习惯喝完伏特加后闻一闻黑面包。

产主义。阶级上接近——这句流行的话我没说错吧？现在这些党内术语估计达里[1]也搞不明白……您最好跟我说说女人吧，这是我们这些男人的惯例，"他停顿了一下说，"您觉得南方女人怎么样？"

"南方女人很热情。"约瑟夫矜持地说，他觉得客人的随意是假装出来的。

"这当然没得说，谁都不会反驳你。但还是应该有所区分，细节很重要。比如，茨冈女人非常放荡，鞑靼女人很淫荡，乌克兰女人特别自由，犹太女人欲望强烈……而波兰女人呢，波兰女人特别美妙，我们的黑人诗人普希金早已经说过了，虽然她们当中有时也有婊子……"

"他简直是魏宁格[2]，"约瑟夫皱着眉头回应道，"这种性别和性格关系的本质是厌恶女性的。"

"厌恶女性的是契诃夫。而我给您说的可是恩格斯的话，一字不差……要说我呢，我喜欢女人，所以对她们有研究。我也愿意听她们说话，那些蠢话让人很开心……"

是的，客人开始高谈阔论了，他的品位和他让约瑟夫喝的臭烘烘的伏特加相似。当然了，既然约瑟夫来的时候带着乌克兰苏维埃人民委员会主席亲笔签名的委任状，这个军官怎么能不把他当成布尔什维克呢？

"我不是共产党员。"约瑟夫说，纯粹是以防万一。

---

[1] 达里（1801—1872），俄罗斯语言学家、文学家，编写过《达里俄语详解词典》。

[2] 奥托·魏宁格（1880—1903），奥地利哲学家、心理学家，著有《性别和性格》。

"可不是吗。"扎瓦多夫斯基一边倒酒一边说，但约瑟夫用手盖住了自己的酒杯。"就像我们常说的那样，您随意……也就是说您不是党员，那么，您是无党派布尔什维克喽？好吧，和我一样。不这样现在根本不行，连工作都不给安排。但是对他们，"他戳了戳天花板，"对他们来说，就是支持布尔什维克的人也很可疑。"他试图在自己丑陋的面孔上挤出一丝笑容，但效果很可怕。"就是这样。我们在建设新生活，对吧？这是受过教育的一代俄罗斯人砍伐樱桃园时的理想。你看，商人罗巴辛[1]也是个什么分裂派……而前方，这么说吧，就是基督耶稣。勃洛克写耶稣一词时为什么只写一个 и[2]，或许是为了押韵。顺便说说，这也是按鞭身教的方式做的……"

约瑟夫有点闷闷不乐了，又是这种知识分子的酒后文学谈话，空洞无聊，没完没了。俄罗斯人永远都摆脱不掉自己的命运，也不会成为欧洲人，他们不该再幻想欧洲的圣石了。他们出于嫉妒和阶级仇恨破坏了那些历经百年考验的东西，他们排挤三分之二的居民，也就是最有天赋、最有文化的那部分人，把他们驱逐出境。现在又在持续进行选拔优秀人才的工作，他们并不适合建设未来。但布尔什维克就想把他们变成新人。这会是一些尼安德特人[3]……

当然这些话他不敢说出来。不能什么都不说。但扮演布尔什维克的角色，哪怕是无党派布尔什维克，也让人感到很厌恶。而

---

[1] 契诃夫剧作《樱桃园》中的人物。
[2] 俄语中，耶稣一词（Иисус）有两个字母 и。
[3] 旧石器时代早期和中期的古人类。

且他还不明白，这个扎瓦多夫斯基，或许他还有什么本名，为什么要和一个陌生人说一些反动言论呢，现在这么做并不安全……

因此约瑟夫只说了一句：

"是的，据我所知，勃洛克对分裂教派感兴趣。而他的观点比较接近无政府主义。他认为国家，不管什么样的国家，只会让人的天性受到蒙蔽。"

"我看他就是被蒙蔽了。他是尼采的信徒，"扎瓦多夫斯基又喝了一杯，他已经不邀请约瑟夫跟他一起喝了，"好像他居然还赞同鞭身派对婚姻的看法，说夫妇要像兄弟姐妹一样在一起生活。性行为与世界意义相对立，性行为之中还深藏着死亡的忧伤，他差不多就是这么说的[①]。"

"这是勃洛克说的吗？这好像是罗扎诺夫[1]说的……"

"是说俄罗斯的心灵是女性的那个人吗？他说，他随便和谁都可以睡觉，只要叫她来……但这些都是一回事儿，如果这么说的话，你不是光动了找妓女的念头，而是直接跑去找了她们。这么说吧，去找陌生女郎……"他做出了一副陷入沉思的表情。"诗人读了太多费奥多罗夫[2]的作品，"扎瓦多夫斯基突然转移了话题，"他认为，人们在从事复活死者这一公众

---

① 顺便说一下，80 年代，一位苏联女士在和美国人的一次电视连线中扬名，她说苏联没有性爱，事实上她道出了分裂教派对肉体之爱的态度，用安娜·拉德洛娃《塔塔里诺娃的故事》中的鞭身派女主人公的话来说，性爱被视为一种可笑的屈辱。

[1] 瓦西里·罗扎诺夫（1856—1919），俄罗斯宗教哲学家，文学批评家。

[2] 尼古拉·费奥多罗夫（1829—1903），俄罗斯宗教哲学家，受到列夫·托尔斯泰和陀思妥耶夫斯基等作家的推崇，他的理想是让死人复活。

事业之前，应该先摆脱性别。能复活的是那些已经被阉割的人吗？我不知道。我只记得这项事业应该由军队来完成。可能是红军，也许哲学家不知道有红军？大概是阉割派教徒的军队。"

"您得承认，俄罗斯知识分子在多数情况下都把类似问题当作极端情况。"约瑟夫的措辞十分谨慎。

"是这样，他们的态度胆怯，在所有方面都如此，不冷也不热，温吞吞的。他们总是用人民做担保，对天发誓，做好了嚼黑土的打算。而自己却像阳痿的丈夫一样，什么都不能为人民做。于是人民就把它消灭了！我看您也对人民很着迷是吗，概括地说，您是坐着人民的马车到我们这儿来的。"

"一到俄罗斯，我差点没信了上帝。"约瑟夫微微笑了一下说。

扎瓦多夫斯基又独自喝了一口，他说：

"您是无神论者吗？这可不错，您远离了鸦片，布尔什维克就是这么说东正教的，他们就爱说这种俏皮话。要是您信了，有可能会不太妙。布尔什维克兢兢业业地在你们的基层党组织工作时，您可能会不好意思面对同事……"

约瑟夫发现这个面部残缺的军官身上升腾起了醉酒后的恼怒。

"还有你们那些夺取了政权的人，他们是什么革命者？革命者可是非常特别的人……可现在这些人呢，是什么？就是一帮狂热的吸血鬼。但是他们不善于牺牲。你要知道，如果没有牺牲，革命就毫无生气。可我们的英雄在哪里？在塔季谢夫[1] 写的整个光荣历史中，只有彼得一世在波尔塔瓦郊外的表现还像个古代英雄。但是，顺便说一下，他的神话传说是多么离奇！怎么会呢，一颗子弹打在了马鞍上，另一颗打穿了三角帽，想看的人好像可以在珍品陈列馆里看到，帽子上有一个打穿的窟窿。而第三颗子弹打扁了贴身十字架。我们铜墙铁壁的彼得大帝是个天才，就连六颗子弹穿透了制服的拿破仑也没想到会是这样。此外，拿破仑也没有一个事后编造演讲词的书记官普罗科波维奇，这个人编了一份热情澎湃的彼得一世演讲，假装是出征前写好的。这就是力量，这就是革命者！而你们的知识分子愚蠢地相信了这个古怪乖张的勃洛克，还有他的人道主义危机。你们听起革命音乐来了。看来革命交响乐的第一部分还没演完，不过已经让你更难受了。直接发配到肃反委员会地下室。"

约瑟夫想不通他的这位交谈者用意何在，不知他是当真的还是在胡说八道。这恰好像是分裂教派的方式。这个风格也是俄罗斯知识分子特有的。他这位博览群书的客人不管是什么身份，总是想表现得像一个简朴的士兵。

"是啊，勃洛克恰好是一个娇生惯养的贵族老爷。至于英雄举动嘛，著名的英雄主义还是表现出来了。"为以防万一，约瑟夫说。现在说别的不合适。

"您知道吗，"约瑟夫说，"我不完全同意您的想法。俄罗

---

[1] 瓦西里·塔季谢夫（1686—1750），俄国历史学家、国务活动家。

斯的生活并没有这么混乱。您也不得不说，军队和革命年代带来的这种衰退也不是轻易能摆脱的。尽管如此，生活还是在慢慢改善……"

约瑟夫遇上了客人逼视他的恶狠狠的目光。他偏离了正题，他觉得他在说假话。他很清楚，这位客人看出他是一个可恶的死敌。不过他可能对整个宇宙都恨之入骨，残疾人往往是厌恶人类的，这并非平白无故。

过了一段时间。

有一天晚上，约瑟夫刚要躺下睡觉，敲窗子的声音把他吵醒了，窗子不是对着院子，而是临街的。他往外张望，路上停着一辆马车。达尼拉急匆匆地说：

"赶紧爬出来，别出声，悄悄地……拿着钱包和证件。动作快点，老兄……"

约瑟夫明白了，不能犹豫。他抓起装着证件的皮包，匆匆披上衣服，从窗子里爬出来跳上了马车。马机灵地迈开了步子，让人有些意外。约瑟夫背对着车夫坐着，他看见他的窗户亮起了灯。但马车已经在草原上疾驰了，黑夜中想追上它是不可能的。

"出什么事了？"约瑟夫问。

"他们商量好夜里要把你干掉，老兄。"

"谁？"

"就是那对情人。之后他们要把庄园烧掉，然后去草原找自己人。"

"结果是你救了我的命……你为什么这样做？"

"你不是给了我一支铅笔吗！"

"嗯，这简直微不足道。又不是兔皮袄……"

"怎么能说微不足道呢，可以用铅笔记录神圣的思想啊！"

约瑟夫闪过一个想法，在这个农夫质朴的头脑中，书写工具本身和书写内容之间有着密切的联系，写下的神圣话语让一支普普通通的铅笔也有了格外神秘的特性。

"他们的草原那儿有些什么人？"

"据我们所知，有一些白军军官，是一整支队伍。他们杀人抢劫。中心地区据说有一群匪帮已经去抓过他们了。所以谁知道他们藏在哪里呢，草原可是大得无边无际……"

约瑟夫苦笑了一下。他想起自己待过的游击队，互相残杀的疯狂的国内战争期间，他也和游击队在草原上如此颠沛流离过。但那时乌克兰还没人想到人民委员会能很快取得胜利……

他从前是一个年轻的无政府主义者，把已故的克鲁泡特金当作自己的导师。他和格鲁舍夫斯基在白采尔科维的苹果树下当政客，和共产党员作战。彼得留拉在空旷而又危险的草原上抓他。哈尔科夫那个麻子脸的契卡分子看出他是可疑的侨民。而现在，在鲜花盛开的保护区，他已经人过中年，五十多岁时，他在这个白军军官的眼中变成了布尔什维克。是的，革命就像一阵风吹过，草原上已经遍布马赫诺匪帮马车的辙印。空旷而又寂静，革命不知所终，但空气中还飘荡着恐慌的味道。

岁月流逝，但相互的不信任和仇恨并没有减弱。新经济政策宣传的和平生活推行得非常糟糕，它的结局可能只有流血牺牲。流血和恐惧。这是历史的捉弄，他们会消灭达尼拉这样的鞭身派教徒，因为后者不读列宁的著作。而比起革命领袖的政治作风，他的信仰其实更接近马克思主义……约瑟夫不知不觉打起了盹。

他醒来的时候草原已经快要天亮了。半透明的水蒸气飘飘荡荡地遮住了地平线。清早时分呼吸尤为顺畅，小鸟刚刚醒来，草原即将短暂地恢复生机。鹌鹑在嫩草丛中捉迷藏，百灵鸟在空中展翅，五颜六色的小鸨翅膀沙沙作响，来来去去地飞翔。

"你这是拉我去哪儿?"约瑟夫终于问道。

"去找美国人，"达尼拉回答，"我们差不多已经到了。"

的确，很快就看到了一个不小的村庄，还有村口的几栋房子。

"这里怎么有美国人?"

"他们一直住在这里。他们的村社不错。他们非常和善，勤劳肯干，信仰上帝。但他们是按自己的方式信。他们是史敦达派①。"

---

① 19世纪末，这一宗教派别成为令主教公会最头疼的事情。教会上层无法禁止德国殖民者信仰某种宗教，但他们用各种手段阻碍俄国农民信这一教派。

我亲爱的尼娜：

这封信我在新阿斯卡尼亚就动笔了，可以说，那儿的人十分高兴地接待了我。但那儿没有电报，所以我没法把我顺利抵达的消息告诉你。我希望你的钱够花。我抓住机会赶紧给你汇去了钱，但我担心你一时半会儿收不到。正如你所期望的，为了去莫斯科，我采取了行动。我给自己在加拿大的同事弗·德·邦奇－勃鲁耶维奇写了一封信，他是苏维埃人民委员会的领导，我请求他参与此事，然而这封信有可能到不了①。（顺便说一句，他主管《知识报》在彼得格勒的图书仓库。）我有很多话要对你说，我亲爱的，你是知道的，我只靠你们俩活着，也只为你们而活，但信里又能说些什么呢？我不分昼夜地想回家，但归期一推再推。保护区没什么工作可干，所以我给自己在德国移民区找到了另外一份工作。他们让我管理一个合作社，准确地说，就是当对外联络部的部长，同时也当合作社的顾问。我大概会干这份工作的。我的小尤拉怎么样了？温柔地亲你和他。

你的 J·M

---

① 约瑟夫的信到得很晚。此时他的加拿大朋友邦奇（从瑞士移民后，革命者圈子里背后称他为弗拉基米尔·邦奇－勃鲁耶维奇）早已被撤职。据他自己说，他于1920年在国家银行发现了克列斯京斯基藏匿的金子，为了遮掩事实，机构把他赶走了。他在回忆录中坚称列宁对他的被辞退一无所知，但这个说法值得怀疑。而且，斯大林并没动过这位老布尔什维克，后者充满幻想，且没有任何危险，在大恐怖达到高潮的时期，即1936—1937年，邦奇没有待在卢比扬卡的地下室，而是心平气和地领导着文学博物馆。他比领袖多活了两年，死时是列宁格勒宗教和无神论历史博物馆的名誉馆长。

在这封匆忙写就的信中还有一个附言——

> 浮士德的《序曲》中写道:
> 当然,他侍奉您非同一般。
> 人间烟火这蠢货一概不沾。
> 心神骚乱使他好高骛远,
> 他多少明白一半自己的疯癫……[1]

约瑟夫一到就和史敦达派的领袖认识了。

达尼拉把约瑟夫直接放在办公室旁边,楼梯侧面随意堆放着一些粗壮的树干,无人看管,这可是草原上的稀有宝贝。村舍的领头人——用达尼拉的话说,村舍的掌舵人——俄语说得不错。那时,村舍里其他所有人都更愿意说怪声怪气的德语,带南俄罗斯口音,把 r 音发得很重,所以约瑟夫没办法很快学会听懂他们的话。领头人的名字很不同凡响,他叫弗里德里希·马克思。他长相独特,像马赫诺匪帮一样衣着阔绰——带套鞋的皮靴,唰唰响的棕色皮夹克,马裤,绕在颈间的条纹围巾。

从保护区逃出来后,约瑟夫变得有些躁动不安。有一个想法让他突然失去了理智,对于他的年纪来说这也十分正常,他觉得自己有可能时日无多了。当然,如果问他干吗这么着急,他到底要做完什么事,他也说不上来。他唯一确定的是他想再得到一些安宁来从事文学创作。他现在的想法是把自己在农业合作社领域的理论研究付诸实践,而且要尽可能快一

---

[1] 译文引自《浮士德》,绿原译,北京:人民文学出版社,1994。

些。因此，简短问候之后，他单刀直入，把想法告诉了这个马克思：

"在您的领地上，可以把合作社当作基础，建立一个富有活力的先进村舍。您的草原一点也不比澳大利亚的差……"

弗里德里希惊讶地看了看他，问：

"您是澳大利亚人？"

"不是，我是美国人。"

"原来是这样。"这个德国人咕哝了一句。

看来他正在和一个疯子打交道，这些年间很多人的脑子出了问题。或者还有一种可能，这是个隐姓埋名的人，是中心专门派来的类似布尔什维克政委一类的人物。马克思和乡政府的关系一直明明白白，十分可靠，他们恐怕不会告密。不管怎样，这个美国人的意外降临又让他伤了脑筋。

如果尼娜及时收到丈夫引用了歌德诗句的信，那么她多半不会安下心来，而是为他感到担忧。但约瑟夫超过了慢如蜗牛的邮局，亲自到了哈尔科夫，他是来买小麦种子的，移民们没有种子，也无处可买。村舍几乎靠天吃饭，只有物资十分紧缺的时候，他们才和周围的农民以及当地的农庄庄员进行买卖，更确切地说，是进行交换。

约瑟夫用上了拉科夫斯基的那张调令，他神奇地留了下来。克里斯托自己很久没去过乌克兰了，他在英国当过一段时间大使后，在巴黎做了全权大使。但他签署的委任状还继续有效,于是约瑟夫便弄到了种子①。他一共弄到了三口袋种子,事实上,还派了两个移民和他一道。

忍饥挨饿的史敦达派高度评价了他的功绩,从那时起,弗里德里希·马克思不得不考虑约瑟夫在村舍中得到的威望。村舍甚至还让他当会计管钱,但约瑟夫说:我是约瑟夫,而不是犹大。史敦达派对福音书耳熟能详,他们表示理解约瑟夫的决定[1]。

约瑟夫和尼娜只待了三天,但请她去看了一场电影,这让妻子十分开心。

约瑟夫自己受不了电影。他在美国的时候,每天晚上直接在户外播放露天喜剧,在挂起来的布单子上,惹人厌烦。美国人扶着腰哈哈大笑。是的,若想为了这些打脸踢屁股的呆瓜发笑,必须真正拥有盎格鲁-撒克逊人的幽默感。

但是他觉得这部苏联电影特别好看。首先是因为电影的题材让他感到亲近。电影讲的是 20 年代初,一个年轻基督徒团体的成员——可能暗指摩门教传教士——来到了莫斯科,他的名字意味深长,叫维斯特[2]。此人目的不明。几个流浪儿把

---

① 邦奇-勃鲁耶维奇在 1918 年一本关于加拿大反正教仪式派的小册子中写道,在某些村舍中,生活建立在彻底的共产主义原则之上,而且他们生活得很不错。作为一个清醒的观察者,他指出,这种制度是压制个性的,只有在强有力首领的领导下才可能存在。尽管如此,直到集体化实施之前,布尔什维克对宗派信徒们还抱有很大幻想。1921 年,人民土地委员会发出了号召:所有和旧世界做斗争的人,不堪其重负的人,不管是宗派信徒还是旧礼仪派信徒,都要参与建设新生活。可能,那个时代帮了约瑟夫的忙,让他在哈尔科夫获得支持的恰好是上层的这种情绪,而不是那张过了时的委任状。

[1] 据福音书记载,犹大是使徒中掌管钱匣的人。

[2] 西方之意。

这个傻瓜的箱子偷走了，于是故事便由此展开。人民警察也介入此事。最后，一个警察官员给这个美国白痴展示了革命建设后崭新的莫斯科……

走出放映厅后，约瑟夫突然笑了起来。尼娜慌张地碰了碰他的手。

"你知道吗，"约瑟夫说，"我觉得这部电影说的好像是我。"

然而，这次观影让人很长见识。尼娜给丈夫讲了汉荣科夫[1]制片厂，她对伊万·莫如辛[2]和他那双疯狂的白眼睛赞不绝口，而且还坚称俄罗斯电影在欧洲的领先地位。在此之前，约瑟夫一直幼稚地认为这些令人厌恶的东西都是法国人制造出来的。还有那个混迹美国的英国犹太人卓别林，他差点变成了共产党员，这一切都是好莱坞的时尚。卓别林的不满和反抗为他在欧洲带来了声誉，虽然没有他，屏幕上也不乏举止傲慢之人……

哈尔科夫之行还有一个丰硕的成果。回到村舍后过了一段时间，约瑟夫得到了一个开心的消息：尼娜又要有孩子了。

村舍的建设并不理想，它不是按照理论，也不是按照清晰的公社样板建设的。土地当然是供所有人使用的，但生产出来的产品和牲畜却只是部分公有。私人宅院里还养了一些小型家畜。公共的有马匹，有为此选出来的马倌，还有羊圈，管羊群的是选出来的羊倌。村委会确认选举结果，一听见挂在马厩门

---

[1] 亚历山大·汉荣科夫（1877—1945），俄罗斯电影活动家。
[2] 伊万·莫如辛（1888—1939），俄罗斯演员。

口的敲铁杠声，村委会就会集合。有些事他们从来没考虑过，比如一边在公共饭桌上吃饭，一边听人朗诵他们的同乡列夫·托洛茨基（来自赫尔松省的犹太聚居区）的著名作品片段，或者集体教育孩子。

"合作社很好，非常适合我们。如果是这样，我们全村的人都可以入党，我们的信仰允许我们这样做。"弗里德里希·马克思解释道。约瑟夫觉得他好像有点冷嘲热讽，不过也许是错觉。"我们会有一个很好的基层组织。不过逢年过节的时候，我们中间得有人去参加东正教的仪式，我们会祈祷。复活节就是这样过的，所有日历我们都遵守……①"

马克思说这些话是以防万一，他还没搞清楚政委要他信什么教，"党教"还是东正教。

村子里没有空房子。不过办事处倒是十分宽敞，这里从前是老爷的房子，两层楼，四根白柱子，还有很多窗子，漆成了红色。公社主席马克思只占了一层的一个房间来接待递交申请的人。其他的房间他让约瑟夫挑。约瑟夫选了和办公室一样面朝街道的一间，这样他可以详细了解村子里的生活。后面的一个房间面朝草原，正对着被阳光晒成褐色的土岗，这颜色与楼房本身很配。

第一个造访者很快就来了。他根本不是德国人，而是一个

---

① 早在 19 世纪，很多教派的成员就参与东正教的仪式，比如鞭身派教徒祈祷得非常诚恳，这已经变成识别他们的主要特征。

戴着一顶崭新大盖帽的犹太人，他穿一件白地蓝点的平布短上衣，扎着领带。他大概在三十岁到五十岁之间，很多当地人年龄模糊，多半是忍饥挨饿的结果。

"可以坐吗？"他开口了，然后坐在板凳上。

"请讲。"

"两年前我安葬了得霍乱死去的妻子，从那时候开始，不幸的事情就接二连三地发生。当时征粮队来了，说要征收粮食，服劳力畜力义务役，士兵们吃了一头牛，把井水都喝干了，还带走了我唯一一个活下来的女儿茨丽娅，说是为了红军的需要……所以我就参加了公社，再也无处可去了。"

他沉默了。

"您叫什么名字？"约瑟夫问。

"莫伊谢伊。"

"我能为您做点什么吗？"

犹太人沉默不语。

"我能帮帮您吗？"约瑟夫又说了一遍。

"您能帮什么呢？"他终于说了一句。"您什么忙都帮不上。谁都帮不上。我就是随便过来打个招呼的……您别以为我在抱怨领导，"他迅速补充了一句，人已经站在门口了，"据说现在监狱也被取代了。"

"真的吗？"约瑟夫真心感到惊讶。

"现在是劳改所。就是这么回事儿！"访客用歪七扭八的胖手指比画了一下。

说完便走了。

然而第二个访客是来办事的。

"我叫米勒,"他自我介绍说,"米勒工程师。"

他俄语说得不错。不过说到技术细节时,他更愿意使用德语术语。米勒说,村里有一个木头泵放在井口,在老爷家早已被砍伐一空的花园里。水泵以前用来压水浇果树,用的是风力动能。现在就连浇菜园的水都已经不够了,雨水太少,所以得在房后逢春涨水的小河上建一个灌溉渠。如果建的话,少不了要用板桩。当然了,村舍里有不少木桩,您这位美国先生可能已经看见了。但是他们没有锯子。其实可以用橡木十字架来做板桩,从前留下了一些,公墓上就立着几根。但是村委会不同意,约瑟夫的话有可能会起一些作用……

约瑟夫答应他考虑一下。其实他是想和马克思商量一下,而且他找到了机会——马克思请约瑟夫去吃早饭。他们在办事处后面的一个院子里铺上了餐布,直接铺在几乎烧焦的草地上。从办公室端来了滚烫的茶水。主人从袋子里掏出一块风干羊肉、面包和菜园里的嫩菜。他们说乡里违反事先的约定,不给他们送汽油,只有墨水和素油。现在该解决堤坝的事了。

"我知道米勒去过您那儿。"马克思说。话音一落就知道他不太喜欢米勒。马克思现在想知道,在建造堤坝的问题上约瑟夫会站在哪一边。"米勒可是什么都没建过,无论磨坊、堤坝还是水渠。他是汽车发动机工程师。但是按照他异想天开的计划,他要求工人撤离岗位。而且是立刻!……您怎么看?"

"他提出来的建议很有吸引力,只不过我也不是土壤改良师。但水确实比较紧缺。"

"总是很紧缺。"马克思说。

谈话到此结束。然而约瑟夫有种感觉，米勒好像还有什么重要的事没能下决心告诉他。

守规矩的德国人团结友爱。米勒领导建设，在小河的一侧运来了一些珍贵的树干，收集了一些干树枝，还有稻草和沙子。两个大墓碑和从墓地上搬来的石头变成了地基。从山丘上的办事处看过去，小河就像一支灰色的蚁队。在河岸两边先是竖起了两个圆锥体，之后又被拆散，于是小河就被结结实实地拦住了。

只有一件事让人有些猝不及防，运墓碑的时候，石块从一个工人手中脱落，砸到了他的脚。那个德国人跌倒在地，哆嗦了起来，脚上不深的伤口渗出了血，而嘴里吐出了白沫。这好像是因为突然疼痛引起的癫痫发作。约瑟夫从办事处跑了出来，大声让工人们紧紧抓住伤员，看管好他，别让他咬到自己的舌头。过了两分钟，癫痫止住了，伤员睁开眼睛，他什么都不记得，只是一直摇头。约瑟夫给他包扎了伤口，第二天那个工人就和所有人一起上工了。

在此之前，村舍里谁都不知道约瑟夫还是一个医生，于是他的威望一下冲上云霄。趁着这波敬仰之情涨潮之际，约瑟夫告诉马克思，说他得离开一段时间。妻子要生了，他想在分娩时陪在妻子身边。他给米勒留下了自己在哈尔科夫的地址，以备不时之需。

后来，他从米勒的信里得知，他一走，公社就溃散了。米勒的文笔很好。他写到，乡里突然来了一些进步分子——他用的是无政府主义者一词——开始在各家走动，每天晚上用棍子敲门，赶大家去办事处开会，让他们报名加入集体农庄。这些有权有势的人胃口很好，酒量更好，之后他们走了，但过了两天又来了一批新人。他们中间的一支队伍先抢劫了临近的一个教堂，之后又来到了公社。他们的头目一直在把玩一条镶着蓝绿色宝石的链子。

紧跟着弗里德里希·马克思的信也来了。他用十分正式的口气告诉约瑟夫：委员会一致决定，约瑟夫作为合作社的联席主席，应该在领导面前斡旋，这样公社成员才能在最短期限内获得回到萨克森的许可，才能办理好相关证件。信封里还有一份史敦达派全体成员的名单……这些久远的 18 世纪的移民几乎没去过比赫尔松更远的地方，对于他们来说，萨克森就是一个神话般的世外桃源。就像巴勒斯坦之于哈西德派教徒，它让人充满向往，却永远无法抵达。哈西德教派生活在离村舍不远的地方，也建了一个很小的公社，从别尔季切夫迁居到了草原。

"您已经证明了，"普拉维德尼科夫有一次说，"您说国外除了一个姓米拉托维奇的姨妈，您再没有其他亲戚了。可是住在巴黎的 M. 利奥波德，他后来加入了反苏维埃组织，他不是您的亲兄弟吗？"

"也就是说利奥还活着！"约瑟夫回应说，"您告诉了我一个好消息……"

"这说明无论关于他，还是他做的事，您都一无所知？我
们还有另外一些情况。您不仅知道他在哪儿，还试图联系
过他。"

约瑟夫不得不停顿了一下。

他确实想办法通过巴尔干半岛的亲戚给利奥捎过信。他从
波兰使馆寄出了一封外交信件。谁都不知道此事，除了尼娜，
还有鲍里斯·莫洛霍维茨。不过，鲍里斯不可能……他似乎也
跟索尼娅顺便说起过。

当时，约瑟夫为办理国籍延期，五年内第一次去了莫斯
科，他去找过索尼娅。他说过，所有亲戚都失散了，有些人死
了，有些人没有联系了，说他试图通过波兰大使找人，哪怕找
到一个都好……是的，他对索尼娅说过这些。

普拉维德尼科夫出人意料地变换了话题。约瑟夫明白这是
一个陷阱，但好在不是立刻就设置的。

"您还说过，俄罗斯经典作家、揭露市侩习气的契诃夫，
根本没有大家说的那么伟大。"

上帝，他什么时候对谁说过这些？然而一切都有可能，而
且现在反正也无所谓了。不，他想起来了，在涅姆契诺夫斯克
别墅的露台上有过类似的交流！尼娜给女儿们朗读《卡什坦
卡》。但只有孩子们和妻子。不，还有给他们上茶炊的女仆瓦
丽娅。

"您不爱俄罗斯，是啊，不爱。而对苏维埃俄罗斯呢，您
简直是憎恨至极。"

"你们所有人都希望别人爱俄罗斯吗？可是，强扭的瓜不甜啊……"

"在您看来，俄罗斯是一个野蛮无知的国家？"

"不幸并不在于俄罗斯学新事物学得慢，而是在于它忘得太快。"

"您还振振有词地说契诃夫既不了解农民的生活，也不了解贵族的生活，"普拉维德尼科夫看了一眼提示小条，"您说他只会写那些酒鬼演员、毕不了业的大学生、落魄的医生、平庸的女演员和妓女？还说他对最后一类人了如指掌。"普拉维德尼科夫如同一个智力不健全的人一般，高傲地看着被审讯的人："当然了，您说过，他最了解店铺伙计。"

"是的，他是城市居民，他的父亲好像是做五金生意的……"

没文化的瓦丽娅是怎么把这些话记住的呢，约瑟夫想，看来她并不一般……

"他是平民……"普拉维德尼科夫俯身看着纸，逐字地读："他是平，平民，平民知识分子。"

上帝啊，这些没文化的人多么愚蠢。

"您还说，契诃夫那些写得一般的短篇中，有些非常愚蠢，而比较出色的作品只有三四篇。"

"我说的是风格。契诃夫的细节描写很出众，而且很多人对此赞赏有加。但这些描写太突出，而本来是应该不知不觉、循序渐进的，因为只有你离得特别近的时候才能看见一个优秀艺术家的面具。"

"不，您说的不是风格。比如，有一个短篇小说，契诃夫揭露了一个放诞无礼的资本家，他总是说自己有贵族血统，连家里人都非常憎恨他①。而您却指出主人公在某种程度上是正确的？在您看来，贵族出身不是一种偏见？一份我们知道的手稿中就是这样说的，虽然手稿永远不可能问世了。"他得意地说，又看了一眼那张纸。他显然有所准备，引用纸上的话说："血统问题是世界上最复杂的问题②。您支持被劳动人民扫地出门的贵族吗？"侦查员的嗓门提高了："要知道您自己也是伯爵！"

"我们所有人年轻时都谴责不平等现象……尤其当我们一无所有的时候，就连年轻的拿破仑也谴责过。此外我们美国不承认贵族封号。不过我来到俄罗斯后发现，这里的人喜欢封号，不管是旧的还是新的。顺便说说，就像这里也喜欢私人财产一样。现在，体会到贵国的热情好客后，我对破坏从前的等级分化感到十分遗憾。新等级没有用，这么说吧，它是匆忙之中建立起来的，是不良选择的结果。所以我允许您以后按照老规矩称我伯爵大人。"

过了一年之后，约瑟夫才从哈尔科夫脱身来到莫斯科，他

---

① 指契诃夫的短篇小说《在庄园里》（1894）。
② 这是布尔加科夫长篇小说《大师和玛格丽特》中科罗维耶夫的话。有意思的是，审阅此书手稿时，约瑟夫的孙子不经意地说，在克格勃审讯他时，那些人说他们什么都读，而且知道谁写了什么，我们的文学中谁值什么价钱。侦查员指的是他们搜查时没收的手稿以及国外出版社出版的书籍。我们得指出，爷孙这两场审判跨越了几乎半个世纪。

靠翻译赚钱。他还抽空教书，给农村的图书管理员做席勒和歌德的讲座，给农艺师讲合作化。

他目的明确地来到了莫斯科，他想获准离开苏联。现在尼娜和他步调一致，她觉得应该为孩子考虑，他们在这里没有未来。有充分理由认为他们能获得批准，当时有很多人都走了，哪怕不是外国人。当然，约瑟夫首先得整理好自己的证件。

约瑟夫是秋天抵达莫斯科的，他费力地认出了自己熟悉的城市。他身处匆忙的人潮之中，那些人面色阴沉，一丝笑容都没有。

约瑟夫没坐车，他四下看到很多新招牌。街头有很多酒鬼，尽管还是大白天。冻僵了的小男孩嗓音嘶哑地推销散装香烟。这里的太阳和南方的有所不同，没那么明亮，在一片片看起来邋邋遢遢的云背后闪耀着光芒。

若想去索尼娅以前住的卡达什，得过一座桥。莫斯科河黯淡无光。滨河街散发出一股焦油皂的味，说不定这是河水本身的味道。河岸左边耸立着四个微微冒烟的烟囱。右边，在救世主教堂后面，亚历山大三世骑马的纪念碑只剩下了一个光秃秃的基座。

他找到了要去的街道。房子的正面像一座普通的城市建筑，甚至还有一个一到秋天就枯萎、无论怎样都围挡不起来的小花园，这多半是因为栅栏早已经被丢进铁炉子当柴火了。楼门在院子里。从背面能看出来，这栋楼几乎已经毁坏了。到处堆放着腐烂的垃圾，楼道里一股子尿味，大敞四开，因为门都不见了，也没有照明。

约瑟夫顺着疏松的陡峭楼梯往上走，找到了那扇门，一个歪歪斜斜的告示上写着：找施泰恩家要敲三下门。约瑟夫敲了一下，索尼娅给他开了门。她也同样让人难以辨认。他看了看她灰蒙蒙的眼睛，但是没法把目光停留在她并不漂亮的脸上，他垂下眼帘。索尼娅本来就十分冷漠的德国式眼睛随着年龄的增长变得更加空洞。他半天都没能从她瘦骨嶙峋的手上收回目光，她的手就好像一天到晚都在给主人洗衣服一样。她用这双苍老的手拥抱了约瑟夫，之后推着他往前走，似乎想把谁挡在后面，最后把他硬推进了房间。

"你看看吧，"她让他坐到桌子跟前的椅子上，淡然地说，"就是这样。"

约瑟夫担心她会流眼泪，但是索尼娅没哭。她一直不冷不热地絮叨着说："你看看吧……"

房间里只有两把椅子，一个抽屉柜，一张铁床，还有两个圆球，像挂在小枞树上的那种，闪闪发光，在床头一边挂了一个，在窗子和床中间还立着一张小桌。抽屉柜上立着几个玻璃瓶，还有一面立在折叠架上的木框镜子。桌子上有一摞书，一束纸矢车菊插在一个装牛奶的瓶子里。抽屉柜上方钉着两张明信片，是克拉姆斯科伊的画和列宁的头像。还有残存的第三张明信片的痕迹，显然是匆忙之中斜着扯下来的，能猜出来，这里从前挂的是人民委员列夫·达维多维奇·托洛茨基的照片，在他不久前被斯大林发配到中亚后，照片也跟着遭了殃。

别看环境寒酸，索尼娅却几乎是一副节日装束，虽然和往常一样没有品位。她像女学监一样，身着一件褐色衬黄花的长裙。脖子上不知为什么戴了一串红珊瑚。她伸手拿东西的时候，约瑟夫发现她裙裾下的腿十分臃肿，她穿着一双蓝绿色的漆皮鞋。这双脚也无论如何让人认不出了。

她从窗帘后面拿出一瓶甜葡萄酒，瓶里还剩下三分之一。窗帘后的窗户不太干净。其实没什么可说的。索尼娅想聊聊她和列宁大脑有关的工作，其实大脑并没有学者们预测得那么大，但还是很不一般。他们沉默了片刻。她没有打听他的生活，似乎担心知道什么让她不愉快的事情。他自己提起来，说他现在是来修正过期证件的，因为哈尔科夫既没有公使馆，也没有美国领事馆。他没谈家里的情况，当着索尼娅的面即便说出尼娜和孩子们的名字都很困难，她不可能为他感到高兴，而这些对他来说十分珍贵的名字说出来也是枉然。

她觉得约瑟夫打算要离开时，断然说：

"你想都别想。你能去哪儿呢？！宾馆里根本没有床位。我怎么可能放你走，不管怎么说你还是我丈夫……"

约瑟夫疑惑地看了看她。

"是的，"他终于开口了，似乎费了好大力气才想起来，"是的。但不是按本地的法律……而且没有举行过典礼。"

她怜悯地看了看他。约瑟夫不知所措的模样在她看来又让人伤心，又很可笑。

"你也忘了吗？我会在表格里填上。"

她当时在日内瓦的时候就不愿意他们之间的关系仅限于友

谊，她认为他爱她，于是把他的无政府主义运动的同事情谊当成了爱情。就像那些自信的女人特有的那样，她以为这种爱恋应该一直保持下去，即便三十年过去了也不能消失。他不可能忘记她索菲娅·施泰恩！

"坐着别动，我有一张折叠床，米沙在上面睡过。"她脸上露出一丝让人不悦的讪笑。

但这个办法没奏效。约瑟夫从未见过自己的大儿子，对他无动于衷。

"我们都老了。"她不知为什么叹了口气，补充道。

最后这句话一点都不恰当，约瑟夫从不觉得自己老了。而且索尼娅还怪模怪样地皱起下嘴唇，调皮地眯起了眼睛，约瑟夫感到很窘迫，他觉得索尼娅在和他调情。他感到自己脸红了。这么尴尬的局面都是因为他自己的愚蠢造成的。

索尼娅扭头看了看镜子。她仔细地打量自己，约瑟夫恍惚想起了一幅画，好像是荷兰的，名字叫《老卖俏女》。当着他的面这么认真地打量自己是多么愚蠢。女人们这么做可能是为了激起男人的好奇心——万一她正在欣赏的外表中有什么重要的东西他没看到呢。

烦闷极了，他站了起来。

"谢谢，索尼娅，下次吧。我还有事，时间勉强够用……还得去买火车票……"

他匆匆起身，碰翻了椅子。他向后退。索尼娅默不作声地盯着他，目光凶恶。约瑟夫慢慢退到了走廊，撞到了什么东西，不知是水桶还是洗衣盆，反正他身后发出一声闷响。煎烟

的鸡蛋散发出的味道让人感到恶心。房子远处传来一个男人粗
鲁的声音，很不满意。约瑟夫惊慌失措地走到楼梯跟前，脚底
一滑，一把抓住了楼梯扶手，扶手一阵摇晃。他勉强站稳，跌
跌撞撞地走出了门洞。

他迅速走开了。

街上没有马车夫，此刻还得继续步行。但过了一会儿，一
辆开往大桥的有轨电车撵上了他，停下了。约瑟夫上了车。油
光满面的女售票员阿姨疑惑地看了看他，这个人身着浅色大
衣，头戴帽子，显然，这种后背笔直、灰白的头发梳理得整齐
有致的人并不经常坐电车。售票员给他扯下一张票，但递给他
之前用一支小铅笔头在一张纸上记下了票号。她解释说必须得
这么做，似乎认出了他是外地人。也许是外星人，那时受红色
公爵阿列克谢·托尔斯泰新小说的影响，火星人在莫斯科很
时髦。

乘电车的是一些神色黯然的人，手里提着口袋，可能是去
火车站的。他们嘴里全都嚼着什么东西。脚下的薄铁皮地板和
着电车马达的节奏微微颤动。提口袋的那些人紧贴着自己的东
西。约瑟夫觉得这一切就像一场噩梦。他的确觉得自己不是本
地人，而是一个从某场灾难中脱身的流亡者。但是他想，我不
是一个人，这辆电车、这座城市还有俄罗斯，全装满了像我这
样迷失了方向、正在逃离的人。

约瑟夫一边想着他这个愚笨而又可怜的西方人的命运，一
边紧紧抓住了自己的旅行包，那里面装的可是一些对他来说实

属无价的美国证件。旅行包和他一样年头久远，也不是本地的，是佛罗伦萨制造的，深褐色，皮质柔软，底部如同柔软的鲟鱼。

……约瑟夫不知不觉到了阿尔巴特大街。

熨斗楼还在原地。单元门大敞四开。地板被踩坏了。但是从前的马赛克图案竟然很神奇地保留了下来，虽然和整个世界一样变得黯淡无光。很难想象在这里，在这个国家，不久前还有新艺术蓬勃绽放，邻近的布拉格在演奏音乐，茨冈人的小提琴琴声悠扬，香槟酒泛起气泡，而闪闪发光的镜子映照着女人的肩膀、戴着钻石和贝壳项链的脖颈。还有堆成小山一样的珍馐美味……

鲍里斯亲自开了门。他身穿一件宽大的、看起来不太干净的布哈拉棉长衫。他伫立片刻，沉默了一会儿，仿佛在考虑要不要让客人进来。之后突然一把抱住了约瑟夫，紧紧贴着他，浑身颤抖。约瑟夫吃惊地发现，鲍里斯·莫洛霍维茨哭了。

"我们多久没见面了？五年？七年？不重要，不重要……伊罗奇卡已经不在了。伊罗奇卡走了。不，不，不是改嫁了，是彻底走了……而我这个大夫竟然没看出来……我们干吗站在门口……"

过道里散落着别人家的一些东西，发出一股难闻的气味。鲍里斯和索尼娅一样，觉得让他遭遇公共住房里的这种拥挤状况十分尴尬，他匆忙把约瑟夫推进了房间。古旧而又温暖的屋子十分舒适，不过散发出一股霉味。约瑟夫最先看见的是抽屉柜上装在笼子里的小松鼠，和从前一样，它一直在自己的小轮子上奔跑。

"她的小松鼠还活着……鼠类寿命长……你不能让松鼠住得太挤……"鲍里斯嘟囔着说，"抱歉，家里没收拾。没钱请仆人。现在这个时候……"

很奇怪，鲍里斯和他一直互相称"你"。

主人让约瑟夫坐在他从前经常坐的那把椅子上。他自己则钻到酒柜里，拿出一瓶伏特加和一块硬奶酪。酒瓶里的酒只剩下三分之一了。

"您看，只有科斯特罗马[1]奶酪了。罗克福尔[2]干酪再也没有了。其实帕尔玛干酪和卡门贝奶酪[3]也没了。不知道哪儿去了……罗克福尔干酪就算了，帕尔玛干酪为什么就不招人喜欢了呢……我想开一个私人诊所，可是你也亲眼看到了，我们都挤在了一块儿……"他摆了摆手，"我的书房里住着一个扫院子的，你觉得如何？"

从莫洛霍维茨哆嗦着倒酒的样子来看，他显然已经力不从心了，似乎有些垂头丧气。

"你留下不走了吧？抱歉，只有一个房间……得在沙发上睡……所有人都挤在一起了。"

干了两杯后，主人来了精神。他几乎变回了从前的鲍里斯。

---

[1] 俄罗斯地名。
[2] 法国地名。
[3] 均为法国奶酪。

"你怎么样？尼娜、尤拉怎么样？"

约瑟夫说一切都好。他得意地说尼娜又给他生了个女儿，按巴尔干半岛的习俗取名叫约拉。他记得莫洛霍维茨从前给过他很多有用的建议，于是跟他说了此次莫斯科之行的原因。

"等等，等等，应该全面考虑，不要急于求成……你知道吗，这个时候着急是很危险的。当然，还是会给一些人发放许可的，尤其你还是外国人，一个过期的美国人，"鲍里斯试图开个玩笑，"你和美国没有任何关系。你知道吗，我是这么想的。他们现在正忙着制定电气化方案，所有的报纸都在进行报道①。自己的力量不够，于是美国人……等一下，他们的美国领导叫什么名字来着？好像是休·库伯，对、对，就是这个名字，他还建设过尼亚加拉大坝。"听到大坝这个词，约瑟夫只是笑了笑。"所以，在第聂伯河建水电站的会是他。他们离这儿不远有一个办公室。明天早晨我送你过去，万一你能派上用场呢……"

鲍里斯的建议和往常一样准确无误。但一切并非那么简单。

鲍里斯带他去的第聂伯河水电站建设办公室在一条老胡同里，占了两个不大的房间，屋里没有暖气。约瑟夫受到了冷遇。他们说只和国内专家打交道。要不是他们谈话的时候进来一个取什么东西的美国工程师，他恐怕早就回家去了。他听了

---

① 1927年1月31日，政治局发布建设第聂伯河水电站的决议。据该决议，应在吸引专业外国援助的条件下，启用本国资源进行建设。

约瑟夫的话，把他带走了，领到了通用电气代表处，代表处不远，在斯摩棱斯克街。这里的人听完约瑟夫的话，看了看他的证件，十分高兴，原来他们这些美国人当中，没人同时会说英语和俄语。美国人似乎不信任当地的翻译们。

约瑟夫邮寄给叶卡捷琳娜斯拉夫和亚历山大罗夫斯克的两张明信片保留了下来。两张都是寄到德米特罗夫的。约瑟夫从莫斯科回来以后，把尼娜和孩子们送到索菲娅·阿纳托利耶夫娜·克鲁泡特金娜身边去了，跟她待了一段时间，克鲁泡特金娜住在公爵去世时住的那栋房子里。而且布尔什维克已经用她丈夫的名字命名了街道，以表纪念，从前那条街叫德沃良斯卡娅[1]街。公爵恐怕会喜欢上历史开的这个玩笑的。

约瑟夫自己动身去安顿工作，新地点在建设中的亚历山大罗夫斯克水电站美国专家村。一开始他只有一个窄小的单身房间，他们的小楼还没建好，所以他在第聂伯河岸边独自过了一年左右没有家人陪伴的生活。

两张明信片都是写给女儿约拉的，在日常交往中，她的名字按照俄国方式变成了叶洛奇卡[2]。外祖母记得，约瑟夫对这个女儿爱得死去活来。有一张明信片上画了村子的规划图，上面写道：

"亲爱的小约拉：我给你寄去一张第聂伯河水电站的规划图，我标了一个点的是我现在住的地方，标两个点的是我们将

---

[1] 俄语"贵族"之意。克鲁泡特金曾放弃贵族继承权。
[2] 约拉的小名。

要一起住的地方。大坝右边是水闸，左边是水电站。尤拉会把这些讲给你听的。亲亲你！爸爸。"

第二张明信片上是一个特写的虎头。那显然是只孟加拉虎，东方的面孔和胡须，绿眼睛，黑瞳仁，这一切之中隐藏着一丝愚钝而又充满恶意的嘲讽，它就差叼一根烟斗了。明信片背面写着：

"亲爱的小约拉：你知道狼孩吗？这大概就是欺负了狼孩的那只老虎。"

就是从此时开始，约瑟夫的事业有了起色。

不是有了起色，而是变得很好。

尼娜和孩子们来的时候，约瑟夫领她到专门给家属准备的公寓，在一座小楼里，有六个房间，厨房，浴室，中央供暖，水管一开就有热水和冷水。尼娜惊呼了一声。她的脸因为兴奋而变得红扑扑的，她迅速分配了房间，约瑟夫的书房在二楼，卧室也在那儿。这是餐厅，那是儿童房，这是给尤拉的房间。还有一个客厅，南方称这种小楼中央的房间为前厅。还有一个大储藏室，光线阴暗，天花板下有一个小窗子，这个可以用作衣帽间。约瑟夫欣赏着妻子，确切地说，是欣赏着她的喜悦。妻子很长时间都没在自己家里做过女主人了。

"食物会从美国通过敖德萨运过来，"约瑟夫说，"还有五个网球场，一个水泥的，四个泥地的。有一个篮球场。还有游乐场和高尔夫球场……"

而尼娜则欣赏着因为骄傲而熠熠生辉的丈夫。他终于可以体面地安排自己亲人的生活了，按当下的标准来看，这已经十分阔绰，这种舒适不是本地人能享用的。

"你又不会打网球，"她笑着说，"而我又不会打高尔夫球。"

"我们能学呀！"约瑟夫激动地说，"什么都能学会，伟大的列宁就是这么嘱托我们的。他们国家现在都这么说。"

"小声点。"尼娜不知为什么回头看了看，虽然只有他们两人。

"我们让孩子也学会。然后我们终于可以养只狗了。"

"我的天啊！还有狗……"

"不然我们总是没机会养一只良种狗，直到现在。"

"就是，勉强才把孩子养大……"

这会儿她才抱住了他，靠在他身上，约瑟夫也抱住了她。她小声说，他们大概又要有一个孩子了。

我们提前说一下，约瑟夫没有足够的耐心学打高尔夫球。然而他很快掌握了网球，而且对他的年龄来说，他打得还不错。为了取悦叶洛奇卡，他们养了只狗。这是一只漂亮的混血的高加索犬，黑色的毛发像缎子一样闪亮，十分蓬松。约瑟夫轻率地给狗起了个名字，叫杜斯。在英语的发音中，杜斯就是领袖[1]的意思。

---

[1] 在俄语中该词有墨索里尼之意。

晚上，约瑟夫又被叫去审讯。

可能侦查员白天忙着另外一份难对付的工作，把轻松的留到了后面。普拉维德尼科夫的右手打着绷带。

"好吧，约瑟夫·阿尔宾诺维奇，"普拉维德尼科夫一边嚼着什么东西，一边说，"你说说，您的朋友和导师幻想统一欧洲，这是真的吗？"

"他怎么光是我的导师？你们的领袖们都尊重他呀。您怎么又谈起了欧洲？我再回答一遍：大人物总是向往干大事，干囊括一切、无与伦比的事。费奥多罗夫想让死人复活，爱因斯坦向往建立引力场理论，罗扎诺夫想建立世界宗教。而克鲁泡特金公爵想统一欧洲，建立全面合作。"

"托洛茨基也有理想，"普拉维德尼科夫开心地说，"但现在却全完了……请把你刚才说的那些名字再说一遍……"把罗扎诺夫、爱因斯坦和费奥多罗夫统统记到笔录中之后，侦查员继续说："我很想知道，您为什么要给自己的狗起名叫墨索里尼，这是我们苏联人民的老朋友的名字。①"

"只是很相近而已。墨索里尼跟您有什么关系？您似乎到

_____

① 当然，墨索里尼从来不是苏联的朋友。历史曾记载，1902 年他与列宁偶然在意大利洛迦诺相识，墨索里尼的情妇安捷莉珂·巴拉巴诺娃，乌克兰富有的犹太马克思主义者，介绍他们相识。但是 1921 年墨索里尼在其党派举足轻重的议会演讲中说，俄罗斯的布尔什维克公然将俄罗斯刚刚萌芽的议会体系和民主制度扼杀了，他们还坚决要求我党共产党员做同样的事。然而 1927 年意大利的法西斯分子结束了议会制。30 年代末，墨索里尼访问柏林后，1937 年 9 月他说，意大利法西斯终于得到了一个朋友，他和苏联的关系也逐渐回暖。1939 年，希特勒的部长里宾特洛甫和意大利外长齐亚诺签署了军事同盟协议，之后与墨索里尼和希特勒的国防部长签署了所谓的钢铁同盟，这与他和斯大林的外长莫洛托夫签署进攻条约几乎是同时进行的。

最后才对他感兴趣。我得纠正您，杜斯不是名字，这么说吧，这是一个职位，是领袖的意思，就和你们总书记这个词的意思一样。"

"哎！哎！"普拉维德尼科夫警告他说。他搔了搔他那泛红的眉毛。

"您听着，你们为什么要做这些无聊的事？下令枪毙，那就把我枪毙了吧！"

"您着什么急呢，等不及了？"侦查员一下子兴高采烈起来，没去推翻被审判人对判决结果的猜测，"您不怕死吗？"

"害怕。和大家一样怕。您也怕。"

"我吗？"普拉维德尼科夫吃惊地说。和很多头脑简单的年轻人一样，他伙食不错，身体健康，可能从来没想过死。

"比我还怕！"

"您为什么这么看？"

"您还年轻。您患得患失。您看，您在机构里有职位。"

"好了，"侦查员突然神色黯然，"您签字吧。要不然我跟您待的时间太长了……"

约瑟夫签了字，普拉维德尼科夫便叫来了押解人员。

第二天，他们刚刚收拾停当，一个脸色阴沉的苏联妇女给尼娜送来了食品清单。尼娜早已经忘了那里面有些食物的名字，而还有一些她压根就不知道。她忐忑地标了白砂糖和橄榄油。之后，显然没忍住，又标了荷兰可可。

"就这么多吗？"妇女问。尼娜觉得她的口气有些蔑视，又有些惊讶。

"那可以标几样呢?"

"哪怕把整张单子标了都行。"她显然有些不友善了。

尼娜懂了,在一个美国女人面前,服务人员也许会巴结讨好。而她这样的俄罗斯人能随随便便就订购外国腌渍果品,这让那个服务员很生气。这破坏了她所理解的等级制度以及事物的固有秩序,就好像野狗不是从食盆里吃食,而是架起爪子坐到了饭桌后面。

"葡萄酒也可以?"

"可以。威士忌也可以。"那个女人不耐烦地说,声音粗鲁。

"不,不,我只要葡萄酒就可以了。就这个,格鲁吉亚红葡萄酒。此外还有伏特加……我们自己不喝伏特加,"尼娜不知为什么说走了嘴,她像知识分子一样因为仆人的无耻而不知所措了,"只是万一来客人的时候喝。"

"那就选威士忌吧。所有人都选威士忌。我们这儿的美国人只喝它。"

"他们喝哪种?"尼娜慌乱地问。

"嗯,有的人喝波旁威士忌,有的人更喜欢苏格兰威士忌。看个人喜好了。"

"好吧,我来这个,波旁威士忌。"尼娜根本不懂什么是肯塔基波旁威士忌。她手里的铅笔一直在抖。

两天后订单就完成了,尼娜订的是常见的东西,都在仓库里。约瑟夫决定庆祝一下乔迁之喜。

按照美国的规矩，得邀请那些每逢早晨就跟他彬彬有礼地致意的邻居。尤其是一个蓝眼睛的金发小伙儿，他很可爱，长得有点像 1916 年死去的杰克。是啊，龙勃罗梭[1] 在自己的一篇著述中罗列了天才的种种特征，如果相信他说的，那么杰克的本性中就包含了以这种方式告别人生的先决条件：他敏感、自私、嗜酒……

他们和那个邻居共用一个栅栏。有一天傍晚，邻居坐在大门前的躺椅里抽雪茄，身边的地上放着一个杯子，里面或许装着威士忌。他开心地朝约瑟夫挥了挥手，后者也挥手作答。邻居比约瑟夫年轻十来岁，似乎是单身。于是他们便相互自我介绍，可以说，就此认识了。邻居的名字朴实无华，叫汤姆·菲舍。

晚宴很成功。

那些美国人十分友善，立刻接纳了新来的住户，把他们当成了自己人。

他们当然说英语。

趁女士们相互认识、分享新闻的当儿，约瑟夫请汤姆来到他二楼的书房。他必须得和一个老住户讨论一些重要的问题，没听到这些问题的回答，他会弄不清新状况，也没法开展工作。他们拿了葡萄酒，也拿了威士忌，汤姆喝的恰好是玉米波旁威士忌，散发出一股烟味，on the rocks[2]，没有加利福尼

---

[1] 龙勃罗梭（1836—1909），意大利精神病学家。
[2] 指加冰块的。

亚红酒的时候，约瑟夫并不怀疑这种克瓦列利家酿红酒是小胡子人民领袖最喜爱的饮料。他们很快达成了一致，决定互称汤姆和约瑟夫，也可以叫汤米和杰夫。

从汤姆讲的情况来看，建筑工地上的状况堪忧。

"听说很多工地，尤其西伯利亚的工地上，普遍使用囚犯当劳力。这里没有这样的事，这里所有人都是雇用的。……"

约瑟夫附和着。他似乎在检验，在苏联生活中，他是不是还能像正常人一样心口如一，他是不是一个自由的人。

"日常琐事很可怕，"汤姆继续说道，"因为你雇的人里什么样的都有，有退伍士兵，有工人，还有一些你搞不懂是谁的人。但多数人毫无疑问是农民。很多人是从伏尔加河逃来的，听说那边的饥荒一直没断。那些人跑到这儿来活命。但很多当地人，乌克兰农民出来当季节工，这里管他们叫打短工①的……"

"是的，从沙皇时代起一切都没改变。"约瑟夫说。"也许是从宗法贵族制的罗斯时期就没变过，"他想起了尼娜时不时给他上的俄罗斯文学野史课，解释说，"上世纪60年代主要发表在涅克拉索夫的《现代人》杂志上的随笔小说谈到了这个问题，

① 1927年12月第十五次党代会上，斯大林就农业落后于工业的问题做了一番文理不通的讲话，其后这给俄罗斯农民阶层带来了恶果。他提出小型和分散农业产业应转型为大型农业产业，在共同耕种土地的基础上进行合并，即推行集体化。很难说斯大林本人是否相信集体农庄的作用，或许这个决定多半是出于憎恨。他讨厌那些既未读过列宁的也未读过他的著作的农民。不管怎样，杀鸡取卵这样一个奇怪的逻辑起了作用。又一次遭遇饥荒的不是城市居民，而是上百万农民。

是个乌拉尔农民出身的作家写的，好像是彼尔姆郊区的……①"

"我知道乌拉尔。"菲舍开心地说，然后吞了一口他的波旁威士忌。

"他是个教徒，没什么文化……但写了一本小说，讲大工厂主杰米多夫收购农村，想给自己的工厂配备免费劳力的故事……杰米多夫一家不仅是俄罗斯最富有的人，在欧洲也数一数二。而且这些暴发户通常都是一些怪人，惹是生非。他们中间有一个人②，那还是叶卡捷琳娜时期，在彼得堡组织了一次节日聚会，用葡萄酒把五百个人灌死了。"

"灌死了？"汤姆吃惊地说，他充满怀疑地转动着手里的杯子，甚至还看了看杯里的酒，似乎在说，难道用这种冰冻玉米汁一样的东西还能把人灌死吗？

"有一次他还在彼得堡收购了所有大麻，因为英国人把他想买的东西的价格抬高了，他要教训他们一下……"

汤姆拍拍大腿哈哈大笑起来，露出了一口漂亮的白牙。

"我打断你了。"约瑟夫突然发现，终于有机会说英语了之后，他变得十分健谈。而且他谈文学、说著名历史笑话的风格完全是俄罗斯式的。

"你讲的是最有意思的历史，杰夫，多讲讲，我想了解俄

---

① 约瑟夫讲的显然是费奥多尔·列舍特尼科夫未完成的小说《矿工》。也许是尼娜说错了，也许是叙述者的记忆出现了偏差，列舍特尼科夫并非彼尔姆人，而是叶卡捷琳堡人。他也不是旧礼仪派教徒，这个传闻多半是因为他写了旧礼仪派教徒的文章（《波德里波夫寄给〈北方蜜蜂〉的随笔》）才出现的。列舍特尼科夫后来在财政部任职，后去世于圣彼得堡。传言说他的死与爱伦·坡十分相似——醉酒后在长椅上入睡，感冒，因肺炎去世。

② 指普罗科菲·亚金菲耶维奇·杰米多夫（1710—1786）。

罗斯的一切。我喜欢俄罗斯人⋯⋯"

约瑟夫和他碰了碰杯，仿佛要推动谈话继续进行一样。

"好吧，"汤姆的声调变得严肃起来，"工人们的生活条件十分可怕。他们在工棚里挤成一团。叉子、酒杯、盘子都不够。他们凑在一起吃饭，排队用一把勺子。"

"是啊，是啊，乌托邦的理想在这里实现了。"约瑟夫嘟囔了一句，不过汤姆似乎没听清他在说什么。

"卖香皂的很少见，没有铺床用的新鲜稻草。垃圾从不定期清理。酗酒、打扑克、斗殴这些事情会受到他们领导的惩罚。"菲舍又哈哈大笑起来，约瑟夫在苏联早已淡忘了菲舍身上那股纯美国式的乐观。"但是工人们显然更愿意喝酒，去俱乐部跳舞，在那儿互相打架。而且可笑的是，他们这些人流行跳我们美国的狐步舞。"菲舍又大笑了起来，可能想起了本地俱乐部生活的某个场景。

"专家们过得如何？"约瑟夫问。

"你知道吗，俄罗斯工程师当中有不少精明能干的人。工人中间也有。有过这么一件事。虽然有些工人分不清拧紧和拧松螺丝的扳手，但他们的脑子却特别灵活。有一次需要在坑道里安装一个重型设备。周围是草原，好几英里之内一辆吊车都没有。我们的工程师不知道如何解决出现的麻烦，而俄罗斯工人出了个主意——用冰把坑道填满，把设备安在冰面上。冰融化以后，设备会下沉，最终立在需要的地方。休·库伯欣喜若狂。"

"这个办法确实很妙，太聪明了。"

"但是还有很多事情并不这么妙，"菲舍叹了口气，"纯共产主义的做法让人不太愉快。比如说，他们的党员，哪怕只是预备党员，还有年轻的共青团员，除了普通的工资，还能得到忠诚补贴。他们还有另外一些特权，比如更容易升职。最可恶的是，他们接到命令，必须把每月的配给商品和食物①藏起来，不让居民们看到，因为大多数人都得不到。"

这时尼娜在楼下大声叫他们，说工作谈话该结束了，女士们觉得没意思了。

单身汉汤姆·菲舍不是花花公子。

但是，就像任何一个健康的四十岁男性一样，他时不时地需要女人，而他的身体像农民一样强壮，他是在父亲弗吉尼亚的农场里长大的。

汤姆从来不跟同事、邻居和好朋友的妻子上床。当然，关于这一点是有古训的。他愿意遵守《圣经》戒律，因为他出生于新教徒家庭。但他的遵守更是因为他受不了不愉快的事——气恼、厘清关系、清算恩怨。

这是一方面。

另一方面，他不打算结婚。也就是说他在美国有女朋友，是他大学时代好友的遗孀，朋友当了飞行员，在太平洋上空失

---

① 所谓的专门配给始于 1919 年，当时国内战争期间食品全面匮乏，布尔什维克首先关注了自己的饮食情况。在克里姆林宫医院挂号看病依然是领导们渴望已久的奖赏。一部集中营回忆录描写了干部们为争夺党内特权进行的斗争。作者是外国人，巴勒斯坦的社会活动家，纯洁的国际共产主义者，他于 30 年代初入狱，其罪行是拒绝党内配给的食品，让妻子和其他工人的妻子一起排队买面包。

事已经五年多了。他的女朋友有一个女儿，一个可爱的小姑娘，现在已经十二岁了，汤姆跟她找到了共同语言。艾玛似乎在等他，至少每次邮差来的时候，那一摞上个月的美国报纸中总是夹着她的信。汤姆在小钱包里装着她的照片。

这是一场甜蜜可人的罗曼史，轻松愉快。有时他甚至还考虑过，从俄罗斯出差回到美国后，要不要娶艾玛为妻。当然了，这至少要一年或一年半之后，因为他管理的那片建设工地才刚刚开始安装设备。

汤姆和约瑟夫一起去网球场，教新朋友打球的时候，汤姆把这些情况毫无保留地告诉了约瑟夫，很信任他。他也让约瑟夫的妻子有所了解。喝酒和吃饭的时候，他不止一次讲了艾玛这个人。他一成不变地掏出钱包展示照片。

但约瑟夫知道，好朋友的生活还有不为人知的另一面，不过这是绝密的，连尼娜都不能告诉——汤姆在工地上和一个苏联姑娘有联系，他很可笑地把那个女孩叫作塔吉雅娜，要是心情好，就叫她塔纽莎。

每周六，很晚的时候，或者在黑夜的掩护之下，她从别墅后门来找他，天快亮的时候离开。汤姆以为他的保密工作做得足够好，但尼娜肯定知道他的秘密。别的美国邻居也一样。

"不，不，我并不指责他。他是自由的……只是有一点我不明白，"尼娜说，"他总是要跟她付钱的吧，他们之间总不可能光是为了爱情……可能他会送她一些小东西，香水啦，袜子啦。但我不知道她得想什么办法才能把这些东西藏起来不让同事看见。塔吉雅娜可能是个头脑简单的女孩，农村的，肯定忍不住要穿上新衣服去哪个俱乐部跳舞。还会喷上香水……"

男人们根本想不到如此质朴的事实。但尼娜几乎一眼望穿了真相，工棚里的一个同屋显然十分嫉妒塔吉雅娜，告了她一状。塔吉雅娜上班时直接被逮捕了，公然地当着其他工人的面。

党员们决定扩散这件事。印数不小的地方报纸上刊登了一篇十分无耻的讽刺文章，当然，并没有点出塔吉雅娜的名字。工人们，尤其是女工们义愤填膺，每个人都急于进行抨击。共青团员们举行了游行，背地里痛斥道德败坏的女孩污染了他们的队伍。他们把堕落的女孩开除出了组织。没能当面开除，因为契卡分子立刻把他们关在后门黑屋子里的牺牲品带到了政治保安局的亚历山大分部。

美国人住得与世隔绝，直到又一个约定的周六姑娘没来，汤姆才得知所有情况。他震惊无比，心情沉重。

"我是个白痴！这是我的错！"他眼含热泪，不停地重复着。

原来，汤姆的确想给她美元——他没有苏联的钱，但姑娘害怕地拒绝了。于是汤姆开始送她礼物，那些东西里确实有袜子和香水。还有不值钱的奥伦堡白头巾，样子难看，总是不停地掉毛，这个头巾是她自己跟他要的。

"天啊！可怜的姑娘，太可怜了，她落到了这些食人族的手里！"尼娜说。她对那个傻丫头怜悯到无以复加。"唉，汤姆，您在我这儿换点美元就好了，我可是苏联公民。我作为妻子是可以持有卢布的……唉，现在还有什么可说的！但总还是可以想想办法解决一下的吧？"她问丈夫。

"当然，当然，我试试开个证明。"约瑟夫低声说了两句，其实心里明白什么都不可能。"她以前姓什么，汤姆？"他不知不觉用了"以前"一词。

"我不知道，"汤姆说，"她叫我汤姆。而我叫她……"

他又大哭了起来。

汤姆·菲舍解除了和公司的合同，付了一大笔违约金。秋天他就回到了美国。

一拿到船票，他又恢复了以往的乐观。他没再谈论过那个了无影踪的女孩。当着他的面谁也不提她。汤姆又开始只谈自己的艾玛，喝加冰的波旁威士忌，红着脸展示美国未婚妻的照片。尼娜说他是冷漠的花花公子、公子哥，还是一个下流无耻的畜生。之后她对他冷若冰霜。

"这是他的保护措施，否则就会发疯，心理反应而已，"约瑟夫不是十分有说服力地为朋友辩护，"他吓坏了，可以理解他。但是，你要相信他的心地还是很善良的。你想想他在咱们面前哭得那么凶……"

"法西斯分子也有多愁善感的。而这是你的男性声援，真让人讨厌。"

尼娜断然拒绝参加汤姆举办的告别晚会。

得知尼娜不来后，汤姆宣布说这是纯男性晚会，他心情不错。

结果来参加告别晚会和为他送行的只有约瑟夫一个人。

"俄罗斯人，"约瑟夫一边和汤姆碰杯喝斯大林葡萄酒，一边不知为什么说，"他们还把告别晚会叫作追荐祈祷……"

"不过你得同意，在这个国家生活是不可能的，而且非常危险。"汤姆又笑了起来，显得很不合时宜。

他似乎已经彻底忘了，不久前他还在赞叹俄罗斯人。

"而我们，我们很快会再见的，对吗，约瑟夫？你是美国人，你在这儿不会待很久的，也会回到美国的。"

"当然，"约瑟夫赞同地说，"一定会的。"

他自己也几乎相信了这番话。

第三部

……从前有一个花园。

他的生活细节是孩子们告诉我的。

花园荒芜空荡,年代久远。战前,在莫斯科郊区有很多这样的花园,盘根错节的老苹果树,顺着栅栏长满了茂盛的牛蒡。

花园尽头有一个小池塘——柳树、树荫、石头、水藻。在幽暗的另一头,有一个破破烂烂的洋娃娃,头已经掉了。那儿还有一只刺猬,雄赳赳气昂昂,圆滚滚地裹在一身刺里,感觉它在其中就像一团海绵。

在靠近露台的一棵松树上,一只啄木鸟踽踽独行,它浑身乌黑,只有前胸的羽毛是红色的,它不想被施舍。日复一日,它心无旁骛地啄树,哪怕美味的美国饼干渣也不能让它分心。没过一会儿,饼干渣就被松鼠叼走了。

波斯水果糖豆和果子糕是罗莎·卢森堡在莫斯科比亚特尼茨基街的糖果店买的。约瑟夫给罗莎改了名,叫她卢森堡玫瑰[1],尼娜觉得这样不太合适。孩子们知道那个商店,里

---

[1] 在俄语中"罗莎"一名亦有"玫瑰"之意。

面灯光昏暗，商品丰富，就像妈妈的黑漆首饰盒。商店的屋檐是中式的，镶着金边，散发着阿拉伯咖啡和蜂蜜果仁的味道，用致命的甜蜜引诱着路人……松鼠肯定既得不到水果糖豆，也得不到果子糕，孩子们觉得对这个毛茸茸的小啮齿动物来说，饼干就足够了……

孩子们长大了。

尤里快二十岁了，他小时候性格开朗，淘气顽皮，更像父亲，现在长成了一个自以为无所不知的小伙子，性格傲慢，做事审慎。他教育妈妈不要用餐巾纸赶走果酱盘上的黄蜂，虽然他知道妈妈不喜欢别墅里嗡嗡叫的昆虫，他说：只要不朝它们挥舞，它们是不会碰你的。而黄蜂这时还在嗡嗡地飞……就这样，他变成了一个爱教育人的人。他很勤俭——有一类人，哪怕使用生活中最寻常的物件，一支牙刷或一把梳子，都会全心全意，就像在享受美食一样——让人看起来不舒服。通常这种品质都是天才的表现。是的，他有可能会当一名尽心尽职的中学老师，没白上师范大学……

现在尤拉[1]到了周日才去探望父母和妹妹，平日他更愿意住在城里，离自己的学院近一些，他是学历史专业的。最近一次来的时候，他只穿一件背心就出来吃早饭了，他刚洗完澡，用毛巾清理着耳朵，就好像这是他的共青团员宿舍。他对妈妈的批评回答得没有一丝玩笑的口吻："你看我们苏联的飞机飞得多高，可你还没完没了地教育我不要把胳膊肘搭在桌

---

[1] 尤里的小名。

子上。"他开始撕扯远东的螃蟹吃，他没把蟹肉放在盘子里，而是直接用叉子往蓝罐头盒里戳。不知为什么他聊起了非洲，把贝都因人说成了巴都因人。尼娜纠正了他的错误。他于是上气不接下气地辩白了起来。等他知道自己说错了的时候，他涨红了脸，从赤裸的脖颈上一把扯下餐巾，朝妈妈大喊起来。除了他开过的那些会议，他不可能在别的地方学会这么说话，家里从来没人提高过嗓门。好在奥夏那天早晨不在家——一大早就有车把他接走了。尼娜觉得，革命后这些年颠沛流离，四处流浪，她没把儿子教育好，儿子变得肆无忌惮，乱发脾气。不过女儿们倒是出落得优雅曼妙。妈妈的斯维特兰娜还小，才八岁，她虽然不是男孩，可是也像爸爸。而爸爸的塞尔维亚叶洛奇卡已经十二岁了，她会成为一个卷发蓬松的美女，头发是古铜色的，而眼睛是绿色的。

……第一批电灯刚刚点亮，大坝最顶端闪起列宁的名字，美国人开始撤离第聂伯河水电站。

约瑟夫也和家人回到了莫斯科。

他办理回国证件时，使馆的人给了他一份翻译的工作。他们被安排到了一个叫涅姆契诺夫卡的村子，住在一栋公家别墅里，那里的街道叫巷子。他们的地址现在就是十七巷四栋。

这是一个奇怪的村子，四周有围栏和保安，进去要通过一个有军官站岗的关卡。除了美国使馆为级别不高的工作人员租住的几栋别墅，这里还有一些苏联高级官员的公务别墅。

比如，不久前围栏后面还住过莫斯科海关关长，尼娜怎么都想不明白，莫斯科离国境线还有一段距离，为什么需要海关，她背后把邻居叫作乞乞科夫[1]。关长是两周前被带走的，他最近一段时间没上班，把妻子留在莫斯科，自己住在别墅，常带女人回来，酗酒。显然他已经预感到自己会被逮捕了。

然而，一切似乎美好而又舒适。

房子朝南的那一侧十分暖和，野葡萄藤在窗户之间恣意攀爬，虽然还是 7 月，可宽阔的葡萄叶已经变红了。食品方面没有任何问题，小商铺就在院子里，由军人服务社供货，里面几乎应有尽有。外宾服务局派来一个叫瓦丽娅的心灵手巧的年轻保姆。每隔一天，隔壁村子一个干净整洁的送奶女工就会来，她有自己的通行证，身上总是散发着田间花朵和稻草的香味，还掺和着牛奶燕麦粥的味道。专门的垃圾运输车就像在美国一样，每隔三天清理一次放在栅栏后的垃圾袋。

村子里有两块铁丝网围起来的泥地网球场。但约瑟夫觉得没有第聂伯河水电站工地管理得好，打球的人得自己打扫。

混血的高加索猎犬杜斯变得漂亮了，它脾气温顺，懒洋洋的，胡子已经有些斑白了，一身蓬松的黑毛，就像一个古老的贵族。它是孩子们的宝贝，他们带着它去骑马或者滑雪橇。

约瑟夫心情愉快，相信自己的命运，他说他从未梦见过自

---

[1] 乞乞科夫是果戈理长篇小说《死魂灵》(1841) 中的主人公。

己老朽的样子。6月，他在朝阳的湿地上挖了一畦地，孩子们往里扔了一把耐寒的加拿大晚生萝卜种子，撒上了香菜和生菜籽，用喷壶喷上了水。他不无骄傲地把小棚子装备成了一个木工房，买了不少刨子、斧子和凿子，但暂时还一件作品都没有。顺便说一下，青菜也没长出来，可能它们不想侨居异乡，不过香菜倒是长势很旺。尼娜甚至在盘算要不要买点黄瓜腌上，花园里还有一些醋栗丛，但在莫斯科，即便在市场上也买不到小黄瓜。

还是没拿到护照，但约瑟夫有政府颁发的证件，证明他是外国公民，这就是一份特别的安全证书。他打算离开，吃饭时认真阅读美国和英国报纸，德国报纸已经不送来了，他想了解欧洲和国际形势。之后他把报纸藏起来，因为不能让意外来客看到桌子上摆着国内严格禁止阅读的外文报刊，而且这些东西也不让带出使馆。

约瑟夫看报纸，做出一副两耳不闻窗外事的样子，假装看不到村子里有好几栋别墅突然没人了，里面的住户被粗鲁地赶了出去。有一天尼娜亲自看到一些士兵把被捕者家人的东西直接扔到了地上。但他们吃饭的时候不聊这些。

尼娜尽力不表现出不开心的样子。

不知为什么，即使最五颜六色的愿望也总是有些令人难过。

不过，忧伤可不是家庭总管的事，丈夫谐谑地给她安上了这个称呼，他说：苏维埃时期所有人都应该当领导，否则自我介绍的时候都会尴尬，有的人是教授，有的人是经理，有的人是艺术领导，最起码也是负责人，而你，我亲爱的，有别于他们，你是真干活儿的人……

然而生活一如既往地违背人的心意。

很久以前的一桩事，似乎微不足道，不过直到现在都让她烦恼。

国内如期庆祝布尔什维克起义日。这个日子叫十月革命节，虽然不知为什么改到了 11 月初，可能是因为采纳了新历。

和平常一样，庆祝场面隆重盛大，还有游行。欢天喜地的人民群众喝得醉意朦胧，兴高采烈地展示他们的激动心情，观看这一情景的国家领导人不知为何没有站在观礼台上，而是站在身体涂满防腐剂的国家领导人的陵墓上面。"陵墓观礼台"——就连报纸也习惯了这种不祥而又拙劣的表述。

约瑟夫应该站在给贵宾、外交官和国外记者设置的正常的观礼台上，在陵墓右边，给布里特做翻译。约瑟夫不能带女儿们和尼娜上观礼台，所以商定好她们和游行队伍一起出发，而尤里和支部一起去红场。女儿们很开心，设想了一番游行的场景。

尼娜打算先到马涅日广场，而后从那步行过去，不过在电报局附近她们的车就被拦住了。街道被军事卡车围住了。一条狭窄的通道里设了警察岗哨，一个肥硕的红脸军官在指挥。模样漂亮的苏联女士和编着麻花辫的中年妇女聚在这里。原来只有持特别通行证的人才能过去。就连当个奴颜婢膝的人也得有证件才行。尼娜显然没有通行证。于是警卫毫不留情地把尼娜和女儿们跟约瑟夫分开了。她们走到了一旁。

可以听见另外一侧喧闹拥挤，让人无法忍受。鼓乐齐鸣，在清澈碧蓝的天空中，迎风飘扬的红旗和一些绚烂的旗幡格外耀眼。游行群众等光着大腿的体操队员手拿圆环、小球和木棒从观礼台前走过，是啊，在处理那些麻烦事的间隙，领袖还和苏联男女运动员成了好朋友。天快黑了，尼娜想，天啊，这真是一个秋意渐浓的国家。她心里升起一阵绝望感，觉得快要死了。

其实，他们的访客总是那一个人，而且几乎天天来。那是他们的单身邻居，他的嘴唇和熟透的草莓一个颜色。他跟他们住在一条街上，隔一栋别墅，他的名字叫维尼亚明·卡茨。他是美国公民，年纪不小了，命运曲折。他在使馆管理地板刷和抹布，负责清扫工作和一些小的修整工作。看他的眼神和长吁短叹的样子，与其说他是来和邻居聊天的，不如说是来欣赏女主人美貌的。不过他也充分认识到了瓦丽娅的美妙动人。虽然他自己也有个女工，是斯塔夫罗波尔市的希腊人拉莉萨，快嘴快舌的尼娜管她叫卷毛。

"尼娜，这不好，她是给我安排来的，可不是我自己把她从外面招来的……"

杜斯不喜欢他。而尼娜说卡茨的鼻尖努力伸向花白的胡髭，从侧面看就像一个卧倒的阿拉伯数字6。有时，天气干爽暖和的时候，邻居像家里人那样，穿着拖鞋就直接来了，这鞋子是伊里伊奇同志和敖德萨出身的美国骗子海默的工厂做的，这总能招来尼娜的一番耻笑。卡茨对这双鞋感到十分骄傲，鞋子似乎是用冬宫铺甬道的地毯缝制的。他还穿背带裤，不过总是在有女性在场的时候。就像很多秃顶但是胡须很重的人一样，他一看到瓦丽娅或者和尼娜说话，就会去摸胡子，还会摸摸布满褐色斑点的秃顶，好像是在整理发型一样。

他在东布鲁克林有亲人，四十年前他去那儿的时候还是一个孩子，在离切尔尼戈夫不远的一个小地方也有亲人。他笑着说，大洋两边的亲人都对他感到骄傲，说我们的维尼亚明叔叔在莫斯科做外交官。

他的职责似乎还包括监督苏联服务人员。接待处小卖部的那些俄罗斯人的行为让他尤其生气，他们虽然是在内务部人民委员会工作，但共产党员的觉悟还不够。这些面色阴沉的小伙子总不想给客人把酒倒满，对自己的同胞更是这样，极尽节省之能事，把杯子里塞满冰块，自作主张地用苏打水、汤力水稀释威士忌和杜松子酒，之后好把剩下的酒带回家。他们可能自己喝，也可能拿出去卖。

午饭后，约瑟夫和卡茨谈起了政治，这让尼娜不太开心。

"咖啡加奶吗，维尼亚明？"尼娜打断了他们的对话。

"或者看看那些访问克里姆林宫的人。哪怕是亨利·巴比塞[1]……好的，好的，亲爱的尼娜，请多加一点牛奶。糖不要太多，否则我会担心得糖尿病了，因为已经发现我血液中的糖分太高了……"

"能想象出来。"

"巴比塞怎么了？"约瑟夫提醒他说。

"巴比塞吗，这里把他像块冰糖一样舔了一番……"

"然后呢？"约瑟夫迫不及待地问。

"如果您感兴趣的话，我可以讲给您听，"卡茨津津有味地说，"他们被带到了不是克里米亚就是敖德萨，去看合欢花。您知道吗，这个达比刚去就死了，而且死得十分蹊跷，得了猩红热。这就是所谓的报答。"讲故事的人心满意足地呷了口咖啡。"要是伟大的高尔基的朋友们，欧洲知识分子罗曼·罗兰[2]和威尔斯[3]不拆台的话……"

"应该说，阶级意识形态对他们来说比种族意识形态要可爱得多。"约瑟夫面色阴沉地说。

"唉，这些法国人，您知道吗，他们自己也是反犹太主义者。您恐怕都不信……有一点比较好，安德烈·纪德，"卡茨压低了嗓音，显得很亲近的样子，"他骗过了他们，把小胡子耍弄了一番，哈哈……虽然是犹太人，可是你知道吗，他是个同性恋。"

---

[1] 亨利·巴比赛（1873—1935），法国作家、社会活动家。
[2] 罗曼·罗兰（1866—1944），法国作家。
[3] 赫伯特·威尔斯（1866—1946），英国作家。

这句话刺痛了约瑟夫。他想提醒卡茨，说希特勒在德国不仅反对犹太人，他还憎恨同性恋。但他面色更加阴沉了，只说了一句话：

"我在这儿读了《泰晤士报》给萧伯纳做的一个专访，谈他从俄罗斯归国的事情。您知道他说了什么吗？他说你们的记者一直在撒谎。"

"他是爱尔兰人，您对他能指望什么呢……"

令人讨厌的客人走了以后，尼娜问：

"我还得忍受他多久？"

"忍到最后，也就是说忍到我们要走的时候。"他又缓和了一句，"不能和他闹翻，尼娜，无论如何都不行，因为大使经常款待他，虽然这很奇怪。"

"你觉得奇怪？只不过你猜不到是为什么！"

"但是，尼娜，要是怀疑所有人，就没法儿活下去了……管他是啄木鸟还是海狸……"

她摆了摆手，说：

"什么海狸，你干吗要说什么海狸？……"

她打断了谈话。因为瓦丽娅进了餐厅，收拾起了碗盘。

还有一次，约瑟夫和来客谈起了丘吉尔。

丘吉尔通常会被摆到很高的位置。

尤其英国的作为，确切地说是他们的不作为让约瑟夫感到不满和失望，当时墨索里尼彻底吞并阿比西尼亚[1]的消息恰好公之于众。

"你看，英国报纸在复述德国报纸的内容。德国人幸灾乐祸地说，"约瑟夫情绪激动，"他们说英国养尊处优惯了，所以他们既没有能力也没有精力采取行动。他们把战争当作黑死病，怕得要死。"

"确实是，他们对黑死病可是了如指掌。"卡茨连声说是，这回他抿了一口威士忌，价格昂贵，但不是花自己的钱买的，质量也不错，虽然尼娜提醒过他，说酒精对糖尿病患者十分有害。

"国际联盟也沉默不语，这个组织似乎已经把最后一点威望也丢了，变得软弱无力。"约瑟夫说。

"但鲍尔温，鲍尔温是一个果断的人！"卡茨激动地高声说，不过威士忌一点都没洒出来。

"没头脑的大嗓门，傻瓜，"约瑟夫对英国首相的评价毫不客气，"事实上，是英国人让希特勒武装起来的。他们得到了美国的纵容。而且丘吉尔经常在议会上重申他有准确的嗅觉。德国总参谋部破坏所有协议、规定战时服役义务时，所有人都保持沉默，只有他除外。想象一下，无论是欧洲还是美洲，就像我女儿说的那样，谁都不敢吭声。"

"她是这样说的？"卡茨感叹道，"太棒了！"他似乎愿意谈点别的、跟政治无关的、更加甜美的事情。

---

[1] 指埃塞俄比亚。

"德国人已经武装到了牙齿，他们渴望复仇！"约瑟夫执拗地继续着这个话题，"墨索里尼和希特勒联手了。现在战争不可避免。希特勒不是已经宣布了吗，他要收回莱茵河地区。也就是说，他根本不在乎《凡尔赛条约》。而且，他在帝国国会说出这番话的时候，事情已经做完了，法西斯德国军队已经占领了莱茵河。但英国和大洋彼岸不知为什么还相信他。我们知道那些暴君说一套做一套，无论在自己国家还是在外国，这在他们看来似乎是有教养的表现。而更让人吃惊的是，法国人什么措施都没采取，一点都没有！英国没去援助，而是建议他们找国际联盟。尼娜说，这就好比给乡下的爷爷写信一样没用。"

"尼娜真是太妙了！这好像是屠格涅夫写的吧？是《木木》吗？"卡茨揪下了一根胡髭。那些自取灭亡的不幸的法国人的命运，看起来跟他没什么关系。

"而另一个白痴，洛锡安勋爵在英国议会上宣布德国人已经入侵了他们的领地！这个夸夸其谈的人说什么，要是十五年之内不让我们，比如说，去约克郡，我们会作何感想？"

"您干吗总是骂这些英国人，是他们为我们打开了新世界！"

"假定说不是他们，而是葡萄牙人，英国人只是坐享其成……你看，事情已经快要变成新一轮的世界性屠杀了。欧洲已经不能再次承受这种战争了。"

"我们这个世纪是够了。而且不管怎么说，我们是美国人。"头脑简单的布鲁克林人卡茨骄傲地宣称。

"希特勒会从法国开始，先打胆小鬼。之后再去搞英国……"

卡茨似乎又想起了什么让人感到愉快的事情，再一次摸起了他的秃顶和胡子。他头上有一块抖动的光斑。尼娜有一次问过他，他是怎么把头顶剃得这么闪闪发亮的，简直让人感到震撼，是他自己剃的吗。

"是的，尼娜，都是我自己。"卡茨伤心地回答。

很快发现，他是一个好演员。约瑟夫漫不经心地讲的一切，他都理解得很透彻，而且全记住了。

不，生活肯定不会那么宁静。昨天，尼娜透过阳台窗户发现约瑟夫正和年轻的家庭女工绘声绘色地聊着什么。她一整天没作声，直到吃完早饭女儿们回到自己的屋子，她们的法国女教师来了，约瑟夫叫住了她：

"我亲爱的家庭总管同志，我们今天怎么不高兴了？"

"老当益壮！"

"你这是什么意思？"约瑟夫合上报纸，问她。

"以前好像没见你这么生龙活虎啊……"

"妈妈，什么是生龙活虎？"叶洛奇卡尖声尖气地在屋里大声说。不久前他们发现她的听力很好，虽然不是绝对音感。能听见法国女教师低声跟她说了点什么。

"算了吧，"约瑟夫也压低了声音，"我和你……"

"是呀，我知道，我和你已经一起生活了四分之一个世纪……就是这些话。我了解情况。你是不是觉得，就像这里总说的，计划已经完成而且还超额完成了？你觉得到老了就可以胡作非为了？你是把你那个秃顶情报员当成榜样了吧？"

"小声点，尼娜。如果你说的是瓦丽娅，那我告诉你，她是问我熨哪件衬衫去参加招待会时穿……"

"够了! 我怎么了, 衬衫熨得不好吗?"

其实约瑟夫是告诉那个女孩, 如果是波兰人, 他们通常会说您的眼睛是啤酒色的。但约瑟夫认为尼娜并不想知道瓦丽娅的眼睛什么颜色。

"你自己不是也跟我们的司机卖弄风情吗?" 他笑着说, "我听见你用什么样的语调问他: 尼古拉, 您能不能帮个忙, 送我到多罗戈米洛夫斯基市场可以吗?" 他已经懂了: "顺便说一下, 你知道吗, 这个地方以前是木材仓库。"

"别转移话题。"

"转移话题是某种招摇撞骗。"

"妈妈, 什么是卖弄风情?" 叶洛奇卡从房间里喊。

"哎呀, 叶洛奇卡, 别再偷听了, 这不礼貌。这是法国的说法。你最好去问问你的老师……"

他怎么突然变得如此精神抖擞呢, 最近尼娜心里总是有些隐隐的不安。她突然回想起了他们的第二个蜜月——在德米特罗夫的那次美妙的相遇不算, 奥夏当时受尽折磨, 饿着肚子——一家人分别后终于在第聂伯河团聚了, 结婚那么多年, 那时她第一次感觉到如此美妙的瞬间, 她的血液似乎都已经凝固了……是的, 这当然是假装的, 有什么事情正在折磨他, 但是他藏得很深。这很像他的作风。

山姆花园的大门口, 一些车身上插着各色旗帜的使馆高级轿车经常从这里出入, 海军陆战队员站在门口, 一看他们脸上

晒出来的颜色就知道他们不是本地人，他们身着军服，上面有
美国国旗的三种颜色，戴着白色大檐帽。每个士兵的左肩上都
有一个花哨的标牌：黄色缆绳花边围了一圈，底色是红的，一
只黄色单头鹰雄踞在绘有两个美洲的地球上；在缠绕了白色缆绳
的地球左下面，有一只陈旧的锚，上面有两只三角形的利爪……
每一对客人都能从海军陆战队指挥官那儿得到敬礼，然后前往有
白色廊柱的圆亭方向。

　　从阿尔巴特大街方向，顺着斯帕索佩斯科夫胡同，站满了
黑色的身影。他们毫不掩饰自己的行踪，不往门洞里藏，而是
满街溜达，每个人都有自己管的那一片区域。苏联客人从这一
侧走，这样可以加入长长的队伍。穿便装的人对着自己按字母
表顺序排列的名单检查苏联客人的护照和邀请函。时不时有人
从里面被筛出来。

　　使馆的本地客人基本上是莫斯科的文学家和记者、首都
导演和演员妻子、时髦的艺术家和受宠又德高望重的老建筑
家、教授和工业界官员。还有克里姆林宫半上流社会的女
士，她们每个人都被苏联特工招募了，还有几个古玩商，卡
茨和他们还有一个剧院经理一起去看过赛马，那些人不太安
分，他们合理合法地给美国外交官提供库兹涅佐夫瓷器[1] 和
法别尔热[2] 制造的复活节彩蛋，后来才知道，那些玩意儿基

---

　　[1]　库兹涅佐夫瓷器是俄罗斯最著名的同名瓷器厂生产的，该厂建于 18 世
纪。
　　[2]　法别尔热是俄罗斯最著名的珠宝生产商。

本是仿造的，还有一些皇家银餐具。有的人还带去从前的俄罗斯风景画，但当时西方人还不太识货，受欢迎的好像只有瓦斯涅佐夫兄弟、早期的列维坦和像黑鱼子酱一样战无不胜的伊万·希什金[1]。

上一任大使布里特试图取消这种让人感到羞辱的无耻规定，不想让使馆客人在他家门口遭到歧视。但他只能指挥自己领土上的事情，栏杆外的一切都归内务部管。

新大使约瑟夫·戴维斯设立招待会，庆祝上任和授予任命书。约瑟夫被介绍给了他。前任大使布里特是美国上流社会的人，欧洲做派，他是费城一个银行家的儿子，是常青藤盟校耶鲁大学毕业的。新任大使跟他一比几乎就像个牛仔。

布里特从前和约翰·里德的寡妇结过婚，这可以看出他本性中的某种艺术才能，顺便说一下，正是妻子吸引他来俄罗斯的。年轻时他在巴黎当记者，说一口漂亮的法语和德语。所以罗斯福把布里特从俄罗斯召回后，并非毫无理由地让他当上了美国驻法国大使。

在约瑟夫看来，戴维斯有点像来自欧洲中部的那些粗鲁的孩子。虽然他对戴维斯还一无所知，但他的判断没有错。戴维斯出身于威尔士的马车制造匠之家。而他的妻子更是家境普通，她的父亲是售卖木材的……遍及欧洲的战争已经近在咫尺，而西班牙的战争已经轰轰烈烈地在进行了，很快就要到达

---

[1] 瓦斯涅佐夫兄弟、列维坦和伊万·希什金均为俄罗斯 19 世纪著名画家。

捷克斯洛伐克。所以美国在相应的岗位上需要这种有军人气质的人。

　　新大使上任后，进入山姆花园的程序瞬间发生了改变。但是大型招待会依然和布里特在任时一样，在张灯结彩的使馆花园里举行。这或许是最后一次了，之后开始节省园丁的开支。

　　每逢节庆时分，大使的宅邸总是飘散着柑橘的香味，而且味道浓烈持久，竟然让约瑟夫回想起了他在意大利的里雅斯特度过的童年。现在还有这个味道，因为新大使还没顾得上把大厅楼梯两侧种在木桶里的柠檬树挪走。

　　大使和面带微笑的妻子站在大厅里，客人们从他们身边鱼贯走过。戴维斯逐个跟他们握手，有的人以前显然认识，所以握的时间稍微长一点。大使夫人高雅地微笑，只是她的脸看起来肿胀疲惫，给人强作欢颜之感，仿佛她在招待会之前因为头疼吃了太多阿司匹林。

　　一切都是按礼节来的。约瑟夫得站在一旁，以备不时之需，因为戴维斯有自己的随同翻译。约瑟夫从服务生端来的托盘上端起一杯香槟，坐到圆柱旁自己的座位上。他已经多次参与过这种活动了。他发现，这一次的宾客名单用的是以前的，只做了很少的修订，这是为了照顾苏联外交官和高级军官，他们或者是经历了不久前的清洗运动残留下来的，或者是被重新任命的。

　　一个女人走到了他跟前。

　　约瑟夫一下认出了她，不过丝毫不感到惊讶。

他们是在"维多利亚女王号"上相识的，从那时起，已经过去了不止三十年。但她还和从前一样，看起来比实际年龄年轻十岁，不用复杂的计算也能知道，她现在快七十岁了。她戴着手套，而已经变短的脖子上绕了一条薄围巾。

"约瑟夫，我已经认不出您了，您看起来还是那么仪表堂堂。您看，我居然还记得您的名字。不过，您当时也是风度翩翩的。"

"艾尔莎！"他说。

"现在我和丈夫在莫斯科，他是我们使馆的参赞。我悄悄告诉您，因为您是我的老熟人，我们答应在这个可怕的地方待上一年，完全是出于经济方面的考虑，这里形势危险，完全没有精神上的宁静，我丈夫的退休金会因此大幅提高。但是上帝保佑，任期很快结束了，过不了多久，我们就可以回到尼斯的葡萄园，回到我们的小房子里了……不过我怎么不停地说自己呢……"

但约瑟夫没来得及开口说点儿什么。他发现戴维斯大使正在暗示他过去，仿佛他是他的贴身男仆。约瑟夫有点恼火，他说了声对不起就走到大使跟前了。

大使毫不客气地对他说：

"我发现您还是跟以前一样和中立派比较投缘。这会儿是瑞典。"

"我和那位女士早就认识。"

"原来如此！好吧，我猜您也对她说了我们政府目光短浅吧？"

约瑟夫抬起手想反驳，但戴维斯一个字都不让他说。

"我刚知道，您不喜欢美国对德国的政治立场。我想告诉您，这是对我们比较友好的大国，我们和德国早就有贸易和文化上的交往……让我觉得非常奇怪的是，您居然认为是美国鼓动德国发动和苏联的战争！"

这不是讨论政治的地点和时间，而且他的话到大使耳朵里已经被歪曲了。他想过，也许是英国和美国在唆使希特勒进攻苏联，但他似乎从来没当众说过，除了和尼娜。

"不过，可以理解，您是俄罗斯人……"

"我是波兰人。"

"这不重要。您肯定更为自己人担忧。"

约瑟夫只好说出自己的看法。

"大使先生，我不记得我当着什么人的面在什么地方说过类似的看法，"他没忍住，立刻释放了自己的懊恼，"此外，我是一个自由的美国公民，我和所有人一样，有权发表自己的看法。"

戴维斯冷笑一声，无礼地拍了拍他的胳膊。

"但不是在外交场合，我亲爱的，"他一字一顿地说，"我希望您明白这一点！此外，我知道，您更新护照的申请国务院还没研究……"

这是恐吓。约瑟夫明白，他可能再也不会有美国护照了……

这场谈话过后第二天，约瑟夫理智地向使馆递交了离职申请。

他把这个决定告诉尼娜的时候，尼娜的脸色变得苍白。

"大使说的那几句话并不单纯是为了侮辱人，事实上他是让我辞职，所以我根本没有选择。"他沉默了片刻。"你知道吗，我不记得是不是对你说过，国家出版社给我写过一封信，他们想和我签合同，让我写一本丹东的书。"约瑟夫安慰地说。

她看了他一眼。不，他现在看起来并不是开玩笑的样子，他忧心忡忡。

"所以我们不会没着落的，尼娜，"他装出一副精神抖擞的样子说，"而且我们现在的钱也足够用了。"他的声音听起来并不是那么有信心："早晚我都会得到离境许可的。我想，要不要申请去西班牙的俄罗斯营，不管怎么说我是个医生，那儿需要医生……我把你和女儿们留在巴黎。"

她一句话都没回答。她浑身冰冷，什么都说不出来。她所有不祥的预感都实现了。丈夫对周围的一切视而不见，也不想俯就。他继续耽于空想，把自己当成一个自由的欧洲人。约瑟夫迈出了致命的一步，对此她了然于胸。这一步无可挽回，会把全家直接推进深渊。

秋天已至，他们还住在使馆别墅里，没人让他们搬走，原来使馆有一个规定——离职的员工可以在三个月内继续使用提供给他们的住所。而且美国人当中显然没人愿意在俄罗斯耽搁这么久。

随着时间一天天推移，现在约瑟夫希望能从苏联政府获得离境许可，他已经递交了相关申请，填好了表格，详细陈述了本人生平。他确实相信这很有可能。他忙着翻译丹东的书的时候，用法语做的摘录塞满了一个文件夹。吃早饭时，虽然一想起他现在已经没有《时代周刊》可读了，只能翻一翻苏维埃人民代表的《消息报》，他面色阴沉，不过还是能开开玩笑。

叶洛奇卡去附近村子里的苏联学校上学。使馆同意她继续在使馆中学就读，而且她自己已经打好了小算盘，她会是班里法语学得最好的学生。但尼娜觉得跟当地居民在一起并没有坏处，甚至还有好处。而且他们也不再有司机了。

毫无疑问，瓦丽娅也不在了。不知为什么，美国牙刷也和她一起消失了。还有一把绣着花的棕榈树叶扇子也不见了，虽然尼娜以前答应要把扇子送给她，不过忘了。

卡茨也消失了。有一天尼娜在村子里遇到了他，看到他鞠躬致意，尼娜咬牙切齿但清晰响亮地说：

"你个告密的！"

卡茨假装没听见。尼娜没对丈夫说起这个粗鲁的举动。

约瑟夫对女儿讲的学校的事情十分惊讶，比如学校让孩子们学唱《蓝色的夜晚，请点燃篝火》这样的歌曲。很难想象夜晚如何能点燃篝火。但这还不够，里面还有"我们是少先队员，是工人的儿女"这样的歌词，叶洛奇卡兴高采烈地唱着这首荒唐的歌，根本没动脑筋想过歌词是什么意思。不过她既不是少先队员，上帝保佑，也不是工人的儿女……不光如此，这些莫名其妙的歌词配的曲子还是国外的，反正不是革命的调调。

10月的一天，一早就是干爽的艳阳天，约瑟夫准备去打网球。

"很快要下雪了，我最后再打一局。"他说。

透过露台的窗户，她看见他一边挥舞着装在人造革套子里的球拍，一边走向栅栏。他白色棉布网球裤的口袋被塞在里面的球胀得鼓鼓的……但是丈夫突然停下脚步，转身往回走了。

"怎么了？"尼娜迎着他问。

"忘带毛巾了……虽然你跟我说过，俄罗斯人认为走回头路是不祥的征兆……"

"去照照镜子吧！"[1]

"你想让我也信迷信？"

这空泛的交谈，就是他们漫长的生活岁月中最后的对话。

---

[1] 俄国人认为照镜子可以驱走不祥的征兆。

作者后记·说明

　　没必要对那些生活在苏维埃时代的人解释当年的告密信是如何写成的。逮捕人的程序更是无比清晰：上门，出示逮捕证，把家里的东西翻个底朝天，带人走。然而很多人，即便不是过去的共产党官员，而是普通大众，却对那种生活心向往之，因为苏联的社会主义对他们来说就是故居，就好像久居城市的工人见到了歪歪斜斜的母亲的木屋，就像获释后找不到自己一席之地的犯人思念牢房一样。

　　我此刻只想解释一下约瑟夫被捕后这些笔记是如何在尼娜手上保存下来的。他孙子（没理由不去相信他）写道，约瑟夫直到被捕都在等待出国护照。他的笔记记在两个小开本的硬皮本中，保存在涅姆契诺夫卡使馆别墅的管理处，约瑟夫被捕后，尼娜带两个女儿去下诺夫哥罗德之前，管理处把笔记本交给了尼娜。管理处的这个做法在当时那个年代不仅人性味十足，而且简直是英雄之举。管理员没有把所有物品交给内务部，而是留给了他的家人。

　　佛罗伦萨皮质旅行包中，除了这两个笔记本，还有尼娜的一些信，几张她和孩子们的照片，还有厚厚一摞百元美钞，那是为全家一旦去西方而攒下的。

这两个笔记本历经尼娜的疏散后能保存下来并传到讲述本故事的孙子手中，得益于小开本和结实的包装，它们不适合烧火，所以尼娜战争期间租住的房间女主人在她的小棚子里把这两个本子保存了下来。若不是女主人懒得看一眼笔记，懒得去辨认约瑟夫细密仓促的字迹，她早就惊恐万状了，会毫不犹豫地把这两本在当时来说十分危险的笔记扔掉。但让我们感到幸运的是，看封皮上的印记，读过这两本笔记的只有女主人的几只鸡。

有时我不由自主地想，如此伟大的牺牲不可能随随便便地发生。这是为了战胜这一切……但我这样想只是因为我累了……

东斯拉夫教堂十分宽敞，是舒适的外科治疗场所。而神父聪慧敏捷，富有经验，要是他清醒的话，很有可能变成一个还说得过去的心理分析专家。

发疯地热爱某个抽象的民族，同时彻底不尊重个体，这是俄罗斯的传统。其实，狂热也正是所有残酷行为的基础，无论是宗教狂热还是革命狂热，而这两者既是宗教审判，也是死刑的源头。

和他们在一起生活真难！可是有语言！

　　我对俄罗斯的畅销小说不太了解，我只用法语读过屠格涅夫，他比福楼拜差得太多。托尔斯泰的作品我读过的只有《战争与和平》，与和平有关的所有内容都多愁善感，让人无法忍受，小说里面的女性形象矫揉造作。但是你不能不承认他是一个善于描写战争的高明作家。尤为可贵的是博古恰罗沃的暴乱场面，按俄罗斯的标准来看勇猛大胆，无论面对自由派还是民粹派的宪兵队都无所畏惧。若想写出这样的东西，需要勇气和内心的自由。

　　陀思妥耶夫斯基的全部作品中，只有某天偶然读到的一段优美的风景描写让人印象深刻：斯塔夫罗金决斗的场面。从风景描写上来看，男主人公会安然无恙。

　　使馆的人给了一本小书，据说是巴黎侨民中十分时髦的作家西林[1]的作品。这其实是本廉价的法语庸俗小说，此外还有抄袭的嫌疑。这个人的语言风格是多么鲜明啊，俄罗斯人根本不会描写他们称作感情的东西，虽然对此夸夸其谈。此外，这个人的笔名毫无品位并且自命不凡。不仅如此，革命前的一本杂志也叫《西林》。如果某个苏联女诗人用出版社的名字当自己的笔名，比如安娜·红色处女地，那该有多可笑。

　　总体说来，俄罗斯的文学中心主义让人厌烦。这是因为文

---

　　[1]　指纳博科夫。

化贫瘠才形成的，是因为没有自己的哲学和法学，不了解世界历史。总之，文学是文化发展的童年时期，人们在幼年期喜欢童话，之后喜欢冒险故事，而女士们读一些专门给她们写的小说。文学补偿文化的缺失，原始人群的神话起到的也是同样的作用。

俄罗斯人还有一个特点：你刚在草坪上立一块禁止穿行的牌子，晚上你就会看到一条小路。也就是说，他们特别不愿意遵纪守法，而且神不知鬼不觉，逍遥法外，搞地下勾当（这个苏联式的表述太棒了!）。

或者，如果客人中有谁迟到了，女主人让已经来了的人入座，她会说："没关系，只要一开始吃下酒菜，迟到的人马上就来了。"

俄罗斯人对自己的薄情和不信任已经殃及了邻居。打个比方，对俄罗斯农民来说，没有什么比邻居的澡堂着火更让人开心的事了。考虑到平民百姓的这个特点，给他们建设公共住宅楼的想法简直太阴险了。

他们还有一个特征：和陌生人交往时，比如在人群中，他们不忌讳身体接触。要知道即便是动物，一只触碰另外一只也意味着得说点什么。

他们不喜欢看起来蠢蠢的样子，因此更愿意表现得轻松随意、无拘无束，他们觉得这就是自由自在。

俄罗斯人总是十分冷漠。他们不记得历史。俄罗斯人自认为是欧洲的宠儿，可是欧洲却背叛了他们一次，维也纳会议[1]后签署了三国同盟（他们不记得苏沃洛夫时期的第一联盟）。这个同盟没有给俄国一点好处。所有人都吓唬布尔什维克人，但并没让他们害怕太久，后者刚一开始分配租借地，西方就忘了他们红色的，也许是血红色的旗子，也忘了还有过一个罗曼诺夫王朝。

所谓大多数有教养的俄罗斯人并没有礼貌意识，比如他们不懂"您这么早就要走，真遗憾"是一句客气话，他们马上就开始讲外婆得了什么病。最好别问他们过得怎么样，他们一定会事无巨细地跟你汇报一番。

大多数没有教养的俄罗斯犹太知识分子会立刻跟你抱怨俄国人的随意散漫。

我听到俄罗斯人这样说：没有对人民犯下的罪行，就没有知识分子。这似乎是这一阶层的胎记……要是人民用门夹了你的蛋会怎么样呢？你们说，我们没有民族精英也应付得过去。

---

[1] 维也纳会议是从 1814 年 9 月 18 日到 1815 年 6 月 9 日之间在奥地利维也纳召开的一次欧洲列强的外交会议。

你们不是精英，而是一坨大粪……

欧洲大恐怖蔓延。人人惶恐。所有人都只看重一件事——活下来并熬出头。面对新暴君，所有人都卑躬屈膝。

我听说，苏联儿童中最受欢迎的长诗主人公是一个警察。而且，他长得就像童话里的人物，个头高大，威猛无比。是啊，这很合理。但他是一个举止怪异的老警察。城里犯罪行为泛滥，可是他不去抓强盗，而是去给一些稀里糊涂的大妈帮忙，带老太太们过马路。要是有这么平易近人的巨人怪物，夜间出动的强盗早就可以安心睡觉了。

我回想起第聂伯河水电站。这是多么庞大的拜占庭式构思啊，同时，实施这个构思的人又是多么微不足道。懦夫和告密者，这些人建起来的东西是不会支撑太久的。

达尔文学说是典型的英式幽默。

整个苏联文化都明显飘荡着一股苦役的味道。它似乎刚出狱，刚获得自由。

有教养的俄罗斯人能做出来的那些下流事，在蒙昧无知的正教派信徒中从来没有过。

　　我记得，我听说拉科夫斯基入党后做的第一件事就是把象棋大师阿廖辛从契卡手里放了出来。我很开心，他真聪明。

　　真正的无政府主义者非常反感卡里亚耶夫[1]的犯罪。大公谢尔盖·亚历山德罗维奇创建了精美艺术博物馆，而恐怖分子只会破坏。把一个人的身体炸成碎片不是创作行为，巴枯宁恐怕也会同意这个说法的。我们支持不受国家桎梏的文化（顺便说一下，大公是在克里姆林宫里被炸死的，在先祖的坟墓之上）。如果是我，我会让卡里亚耶夫终身单人监禁，给他一本涅恰耶夫[2]的书和传单让他好好读一读。

　　保罗时期的反法第一同盟是英、土、奥、那不勒斯。俄罗斯加入其中没有任何必要也没有好处。加入协约国也是一样。显然俄国人向往欧洲大家庭。不过，英国首相皮特曾建议苏沃洛夫[3]当同盟军首领。对于协约国来说，已经找不到苏沃洛夫这样的人了。

　　欧洲联盟是拿破仑的伟大计划，但是尚未完全欧化的俄罗斯成功妨碍了这一计划的实施。

---

　　[1]　伊万·卡里亚耶夫（1877—1905），俄罗斯革命家，社会革命党人，组织用炸弹杀害尼古拉二世的叔叔谢尔盖·亚历山德罗维奇大公。

　　[2]　谢尔盖·涅恰耶夫（1847—1882），俄罗斯虚无主义者，革命家，革命恐怖主义的代表。

　　[3]　亚历山大·苏沃洛夫（1730—1800），俄罗斯最伟大的军事家之一。

我回想起施本格勒[1]，直到现在我才认真接受他的警告。

和那些大喊"莫斯科佬，滚蛋"的狂热民族主义者站在一起的是蛊惑者，他们号召人们节制，利用民族虚荣心，粗鲁地谄媚一撮毛[2]，说基辅才是俄罗斯的众城之父，弗拉基米尔是在这里统治公国的。但如果认为千年历史当真存在的话，那么就应该按照希腊方式去信奉基辅是第三罗马的念头……在此处使用"受用"一词十分合适，也就是说，被谄媚的话收买了。

随着年龄增长，我开始憎恨一切铁腕的、起主导作用的、新教派的东西，在某种程度上也因此不喜欢美国了，因为美国人崇拜机械主义，无休无止地造钱。

苏联的局势不再让我感到惊讶了，比如一个著名演员不是赚钱去买卫生设备、家具和衣服，而是去"搞来"……是的，布尔什维克的确创建了一个前所未有的制度。

所有俄罗斯人都骂欧洲，之后惊讶地发现，欧洲躲着他们，不到万不得已是不会跟他们交朋友的。

---

[1] 施本格勒（1880—1936），德国唯心主义哲学家，历史学家。
[2] 俄罗斯人对乌克兰人的蔑称。

　　莫斯科郊外是最糟糕的农业区，大城市离得太近，对它造成了破坏。

　　爱情应该是长久的、紧张的、敏感的。

　　我得知了几个原始的配方——白桦粥[1]，白桦嫩芽沙拉酱，嫩荨麻叶酱。

　　美国的社会主义者，比如杰克·伦敦[2]、约翰·里德[3]，是一些纯洁的人，满怀美好的愿望。虽然他们的意愿部分建立在迷信之上，但他们无法想象，如此舒适平和的社会主义思想，改造旧世界的理想，在欧洲竟然会变成布尔什维克的暴力和流血牺牲。

　　俄罗斯，别再纠缠我了，我根本不爱你。

　　"长眠"（кончина）这个俄语词比突兀的"去世"（конец）和肆无忌惮的"死"（смерть）更让人感到安慰。还有，我不能立刻分清"血"（кровушка）、"一滴血"（кровиночка）和"血流"（кровянка）的差别。有些词意的差别很难分辨，它们有可能是反的，比如"珍爱血亲"（любить родную кровинушка）、"流

---

[1]　俄语俗语，指吃白桦树条，即挨树枝抽打。
[2]　杰克·伦敦（1876—1916），美国作家。
[3]　约翰·里德（1887—1920），美国作家，新闻记者。

血牺牲"（проливать кровушку）、"血流成河"（пустить кровянку）。说母语的人可以不假思索地说出这些词，而用起来更是不会犯错。

现在已经不说"小市民"了，说"布尔如依卡"[1]。有谁能猜到，布尔什维克时期，那种自制的圆铁炉子也叫"布尔如依卡"。

苏联犹太人的"咱们不必明说"这句话可真是愚蠢！

第一次听到"对付过去"（прошляпить）这个词时感到十分惊讶。我爱上了"大吃特吃"（лопать）和"搞乱套"（наколбасить）这两个词。"充耳不闻"（хлопать ушами）一词也不同寻常。还有让人惊叹的"吃桦树条"（березовая каша），也就是挨树枝抽打的意思。俄罗斯人不分场合、不分地点地使用大量指小表爱的后缀，这真让人受不了，这种奶声奶气的说法恰好表现了俄罗斯人的幼稚以及他们的女性化，就像罗扎诺夫说的，俄罗斯的心灵是女性的。

用英语说起来俏皮生动的话，用法语说会很辛辣，而用意大利语说起来会淘气调皮，用俄语说起来会庸俗不堪，而用乌克兰语说则下流无耻。

---

[1] "小资产者"的俄语发音为"布尔如依卡"，与俄语"圆铁炉"一词发音相同。

农民是另外一回事，这些人有重要理由时才会发动起义。因为农民和大自然和谐共处的生活是多姿多彩的，就像农民的活动一样，而且非常富有创造性。即便只耕种一小块田野，每天也会有很多感受！只有贵族老爷们才会说农村生活愚昧可笑，他们对这种生活一无所知。有时，他们说农民是最懒惰的人，还有所谓的贫困。城市生活才愚蠢呢！

不要把法律面前人人平等当成诸事人人平等，这种想法很荒诞。曼彻斯特矿工的儿子不会去上伊顿公学，这足够说明问题了。

国内战争时期没找到能让自己的兄弟和丈夫和解的萨宾[1]妇女。

某个古历史学家提出这样一个看法，他说，高卢人占领罗马只是因为他们喜欢当地的葡萄酒，而他们自己不会酿。

应该告诉苏维埃人：读读书吧，自由的布尔什维克公民，哪怕读读李维、西西里的狄奥多[2]的作品，普林尼[3]的《自

---

[1] 古意大利部落。传说罗马人在邀请邻邦萨宾人参加自己的宴会时，抢去了那里许多年轻美貌的妇女，从此，双方展开了长期的战斗。萨宾妇女为了不使自己的父兄和已经与她们成婚的罗马人继续牺牲，让他们进行了和解。
[2] 狄奥多（公元前90—公元前21），古希腊历史学家。
[3] 普林尼（23—79），古罗马作家，学者。

然史》和西塞罗[1]的《论国家》。

信息不自由会导致谣言四起，比如传言说是契卡分子把叶赛宁吊死在了安格特尔饭店。

罗马人显然相信来生可以相见。这不是佛教，不是基督教也不是伊斯兰教，这是多神教的信念，他们相信可以和死者的灵魂相见，人一旦意识到死亡这个现象，就会产生这样的信念。就此意义而言，唯物主义总是反对人类多年形成的本能判断。

我想起农民的告状信写给了人民会议，说彼得留拉赶走了牛羊，没收了小猪仔。

再说说暴行。革命是报复当地刽子手政权和自由破坏者的神圣事业，可是暴行将此举变成了对无辜村民的恐吓，而实施暴行的人自己则变成了刽子手。这是革命的规律，法国如此，俄罗斯亦如此。

英雄的后方总是比较薄弱。他们出发去建立功勋的时候，他们的恋人和妻子的表现通常比较冒险。佩内洛普[2]是忠贞

[1] 西塞罗（公元前106—公元前43），古罗马政治活动家。
[2] 佩内洛普是史诗《奥德赛》中忠贞等待丈夫奥德赛的妻子，她通常被视作贤妻的典范。

女性的象征，她不停地织衣以拖延求婚人，在欧洲文化中，她的名字具有概括意义，她不为诸多求婚者所动的行为早在古代就已成为忠贞的典范。在新时期，这样的例子也不胜枚举，比如拿破仑和苏沃洛夫这两个竞争对手的妻子们。很典型的是，他们是在重要战役的前夜得知爱妻变心的，这两个不可战胜的人于是不可思议地打了败仗——拿破仑兵败叙利亚，而苏沃洛夫兵败克里米亚。拿破仑的妻子叫约瑟芬，而苏沃洛夫的妻子好像叫瓦尔瓦拉·伊万诺夫娜。

在俄罗斯拿刑罚一事开玩笑是不可能的，而在欧洲随便怎么开都行。

他们把"枪决"说得十分隆重——这是最高级别的社会保护措施。

父亲骂磨坊里那些乌克兰工人时说"狗日的"。不管怎样，俄语的"狗娘养的"比这个词要粗野难听得多。

男性的友谊，如果不是建立在共同的事业之上，那么就是违背常理的，实质上会很幼稚。这和男人把妻子当成战友一样反常。书面意义上的友谊是青年时代的特权。战场上必须建立同志情谊。在和平时代，需要建立事业和家庭。

我在维也纳的咖啡馆读报纸时，不止一次见到列宁和一个体面的中年犹太人下棋，很多人朝他鞠躬。这个人是弗洛伊德[1]……

国内战争时期，人民群众突然有了十分强烈的破坏激情，这是一种无法用任何阶级仇恨来解释的激情。他们破坏自己的生活和父辈亲手营造的和平，对敌人他们却从未有过如此炽热的仇恨情绪。

食人族吃人的时候，意识不到他们吃的是人。在战场上也需要培养这样的能力。我在解剖台上见过尸体，还把它制成标本。但在战场上七零八落的尸体却给人完全不同的感受。你必然会觉得死去的有可能是你自己。于是你不再把自己当成中心，你发现，你不是世界的焦点（这是在青年时代）。在战场上，情感会变得迟钝，甚至彻底消失，恢复它需要很多年。最先死去的是爱情，甚至最普通的人类温情也会死去。不要相信浪漫主义战争作家，他们多半是懦夫。

在罗马，常有人试图和滥用职权（首先是收买选民）的做法进行斗争，至少从公元前9世纪就开始了。候选人一直穿白色服装。所有的斗争手段最终导致的结果是选民规避法律。求人帮助时允诺回报是人的天性。最终，一个人给另外一个人一头小猪，而后者给前者钱，那么即便最机灵的农民也想不通为

---

[1] 弗洛伊德（1856—1939），奥地利心理学家，精神分析学创建人。

什么这叫行贿，而不是买卖，也不明白为什么布尔什维克要反对这样做。自古以来人们去看病的时候都提着一只鹅或拎着鸡蛋……很多方面都如此。

在罗马，特权阶层若想成为平民，需要平民收养他为义子。如果特权阶层想担任人民代言人的话就需要这样做。也就是说，如果有贵族想进村委会，那么他就需要娶集体农庄庄员为妻。

事实上，取消阶级之分会让教堂失去领头人，也就是说，会让它臣服于上流政权。因为在罗马只有特权阶层才能够担当大祭司的职务，拜占庭直到最后也是如此，后来基辅也是一样。

可以说，俄罗斯的东正教——除了类似鞭身派这样的极端教派——是一个比较缓和的宗教，不管怎样，它既规避了新教徒的疲软，也躲开了严格的伊斯兰教教义。

俄罗斯人只有在喝多的时候才表现得像个英雄。清醒的时候他们一贯奴颜婢膝。把他们的进攻性和乌克兰人比较一下吧。俄语"放血"意味着把脸打出血，而乌克兰语"出血"的意思是"流血"，虽然不是吃素的，但也不是暴力。而且，俄罗斯的契卡分子都很感伤，而土匪都是浪漫主义者。

因为感觉迟钝，俄罗斯人无法区分"爱"一词的含义。他们用这个词同时搭配"祖国"、"香肠"和"小姑娘"等词语。粗鲁的英国人不管怎么说还能区分"love"和"like"。就连乌克兰人对父母也是说"爱",而对女孩则是"爱恋"。

与其说俄罗斯人是在生活,还不如说他们是在安排生活。他们对历史也是如此。

在俄罗斯,所谓的公众意见与欧洲的有很大差异。如果政府不好好工作,欧洲人会对政府表示不满。在俄罗斯,人们恰好是因为政府好好工作而憎恨它,比这更糟糕的是,政府号召人们工作,斯托雷平多次被蓄意谋害,之后遭到杀害,就是政府好好工作的最佳例证。

伦理是人与人之间的关系的体系。精神是人和上帝的关系。今天,任何一个西方国家都比俄罗斯更加有信仰。这里的信仰是酒醉的胡言乱语,而那里是弥漫在空气中的爱,是"比祈祷还高尚的善事"。在这个意义上,俄罗斯简直是一个处于史前穴居时代的国家。"神灵""造物主""世界的本原"这些词在这里根本无人接受……对我们来说,唯一的出路就是逃离亚洲,从它的宗教死胡同中走向基督教的欧洲。我们应该立刻到欧洲去,哪怕是为了我们的两个女儿。

世纪初,俄罗斯居民形成了一个可怕的习惯,他们不是全家去野餐,而是去参加政治游行。

1932 年，欧洲在俄罗斯灭亡了，而且是彻底灭亡了。

尾声

但是，和平的局面这一次也得以保全。

很难说尼娜对此感到高兴。

尼娜带着女儿们离开了姐姐，来到区小学教德语，已经一年多了。离开是因为三个人都需要食品票证，在如此艰难的战争年代寄人篱下是不可能的，而她们自己的钱已经花光了。

她们已经一贫如洗，所有东西——毛皮大衣，金子，首饰，餐具——全都卖了。尼娜只留下了佛罗伦萨旅行包里的东西，当地的毛皮匠和靴匠用旅行包的皮子给她们每人做了一双高筒靴，因为无处买鞋，也没钱可买。

她个人的奢侈品中只有一把核桃木梳子残存了下来，这是丈夫很久以前送给她的，那时是另外一种生活，还在第一次世界大战之前。这把梳子证明，另外一种生活确实存在过。

那些年，谁都不肯流眼泪。尼娜最后一次哭是在 1937 年，她看见杜斯的眼睛饱含泪水，它被留在农村，寄养在挤奶工家里。

"我很快会回来的。"尼娜对它说，但他们俩都知道，她再也不会回涅姆契诺夫卡了，而且，他们，狗和女主人，再也见不到彼此了。

那些书当中，她只随身带了一些教科书和一本还是革命前出版的丘特切夫文集——诗和书信……很神奇，但这本文集被保留了下来，它比外祖母活的时间还长，现在正摆在我面前。

沃尔斯马[1]的那些岁月净是损失和屈辱。在学校里，学生们上课时朝她扔脏鞋子，对这个说德语的敌人表示抗议。他们从未见过德国人，但已经被宣传口号蛊惑了，他们憎恨德国人。这就像某些反犹太分子从未见过犹太人一样……

尤拉在战前就娶了一个同班女同学，妻子出身于莫斯科郊外的农民之家，他们生了一对女儿。读研究生时，尤拉直接上了战场，1942 年牺牲，亲人们一直不知道这个消息，他被葬在公墓里。

1943 年，叶洛奇卡上十年级，斯维特兰娜上七年级。所有高年级学生春天都被派去给甜菜除草，9 月去收土豆，时间顺序十分严格。叶洛奇卡没有暖和的大衣，她冻感冒了，最后转成双侧肺炎，一粒药都没有……

与此同时，尼娜不无害怕地发现她女儿遭遇了最肆无忌惮的浪漫爱情。当然，这或许是因为年龄和书本上的教育。但尼娜觉得，这是女儿潜意识中的自我保护，她不想面对非人类的丑陋生活。

这是叶洛奇卡笔记本里的一首诗，写于 1943 年秋天，诗的名字是《蝉的低语》：

这是暴风雨白天的呼吸，

---

[1] 俄罗斯城市，位于下诺夫哥罗德州。

是沙漠中的绿洲，

是恒久湛蓝的天空中

一团团银色的云朵……

这是浸润着魔力的夜，

是玫瑰花娇嫩的爱情，

是妙不可言的青春的赠礼，

是美好的尘世生活。

诗的下方有尼娜亲手写下的一行字：1943年9月29日。
今天中午，叶洛奇卡死了。

尼娜在女儿的这个笔记本上继续记日记。

1943年11月18日。我的女儿死了。我的生活失去了
全部色彩，所有的快乐都没了，生活毫无意义。凌晨时她
很痛苦，她说："我已经不在了，我死了。"我也和她一起
死了，我的心不再活着，不再痛苦和快乐。只有为叶洛奇
卡感到的痛苦和心碎，还有对她的思念，无法忍受的思念
占满了我的心。我必须活下去，必须工作，我不能不管斯
维特兰娜。和叶洛奇卡一起长眠是我唯一想要做的事，只
有这样才能平息我的痛苦……

12月13日。亲爱的叶洛奇卡，我心爱的孩子，没有
你我怎么活得下去。得离开这里，去莫斯科——为了斯维
特兰娜。而对我来说，这意味着抛下孤独的、还没有安顿
好的你，抛下你呼唤我的声音……得尽快去找我的朋友
们，找尤拉的女儿们。在这里，我会死于痛苦。斯维特兰
娜也越来越让我担心。她现在的状况和叶洛奇卡刚生病的

时候非常相似……我不光想念叶洛奇卡，还想念尤拉。啊，我多么需要他啊！难道真的没有一个部门能让我知道他的下落吗？

没有这样的部门。尼娜到了莫斯科才得知儿子牺牲的消息。她成功地救了小女儿的命。

译后记

　　《一个欧洲人的悖论》是"中俄文学互译出版项目"中的一部作品，近年来，中俄间的文化往来进行得如火如荼，加深相互了解几乎是中俄所有文化活动，包括文学、绘画、音乐、体育、旅游和媒体等交流的主要目的，而文学作为记录思想、哲学、历史、生活方式和思维方式的载体，是了解俄罗斯民族这一整体以及俄罗斯人这一个体的最佳途径。

　　文学包含了一切。

　　然而，相互了解是一个多么美好的愿望，又是一个多么难以完成的任务，人和人之间尚且无法轻易达成共识，更何况两个文化符码完全不同的民族。诗人丘特切夫曾经写过这样的诗句："无法用理智认识俄罗斯，无法用普通的尺子去丈量；她有着独特的身材，你只能把俄罗斯信仰。"哲学家尼古拉·别尔嘉耶夫也对俄罗斯这个谜一样的民族做过深入和透彻的分析，把"两极性""对立性""双重性格"等作为这个民族的特性；他认为理解了这些矛盾，也就理解了俄罗斯，理解了俄罗斯之命运的合理性和必然性，理解了俄罗斯人。

　　历代文学家都试图解开人这个谜，在俄罗斯文学中，对这一谜团的热衷在陀思妥耶夫斯基笔下达到极致，而 20 世纪的肖洛霍夫、帕斯捷尔纳克、布尔加科夫等作家传承这一"任务和使命"，对人及其性格和命运进行深入细致的剖析；他们所面对的 20 世纪更为复杂，而人性也在多种意识形态的交锋中呈现出更加复杂的维度。时光荏苒，当代俄罗斯作家继续探索斯芬克斯之谜，从不同的视角给出答案。《一个欧洲人的悖论》就是对什么是俄罗斯、什么是俄罗斯人的一种文学解读。

小说以一个在欧洲长大的波兰裔美国籍无政府主义者约瑟夫的生平为背景，通过回忆录、日记、信件、审讯记录等形式，展示一个经历过多国文化熏陶的欧洲知识分子 20 世纪上半叶在俄国（苏俄、苏联，以下为叙述方便，对这一段历史时期均代以今名"俄罗斯"）的命运轨迹，同时也借主人公的眼睛来折射当时的社会图景，并对那段关乎个人和国家命运的历史进行了一番评判。

我们可以从两个层面来解读这部小说。在内容层面上看，这部小说几乎可以等同于一个欧洲人在俄罗斯的生平小传。主人公约瑟夫崇尚自由，追求解放，是一名坚定的无政府主义者，他把著名无政府主义理论家克鲁泡特金公爵视为最高精神导师。一战前后，约瑟夫来到乌克兰，开始参与政治活动，成为一名乌克兰革命运动活动家；十月革命后，约瑟夫在乌克兰为新政权工作，差点成为红白势力斗争的牺牲品。几经颠沛流离，约瑟夫从哈尔科夫脱身来到莫斯科，他靠翻译赚钱，还抽空教书，给农村的图书管理员做有关席勒和歌德的讲座，给农艺师讲合作化理论。他努力适应苏维埃政权，却又总是无法和它达成共识，也无法理解它。有一天，当他终于下定决心返回美国时，却因告密者的诋毁，被迫永久地留在俄罗斯，直至在监狱去世。约瑟夫的一生充满了悖论，他作为一个欧洲人，却卷入了俄罗斯的政治风暴；他本可逍遥自在地当一名医生，却在俄罗斯经历了二三十年代最为严酷的政治斗争，成了一名政治犯；从某种意义上看，小说亦可叫作《一个欧洲人在俄罗斯的奇遇》。

小说的另一个层面，或许也是作者最为关注的层面，则是欧洲乃至西方与俄罗斯的"文化冲突"。作者选取的人物是一个具有多元文化背景和身份的欧洲人，约瑟夫出生在意大利，后经加拿大来到美国生活。他接受教育并形成世界观的几个地方，其实就是俄罗斯人眼中的"西方"。作者似乎有意突出俄罗斯和欧洲、斯拉夫和西方这样的对比关系，要知道，西方派和斯拉夫派之争，亦即东西方之争，一直是俄罗斯文化发展史上的一对矛盾。这个在地理位置上跨越欧亚的国家，在思想上也一直摇摆于东西方之间，归属感模糊，而作者借用男主人公的"欧洲"视角，对俄罗斯进行了一番仔细的打量。在欧洲人的眼中，约瑟夫或许多少有一些俄罗斯特质，包括他对克鲁泡特金的无政府主义观点的热衷，他在乌克兰和俄罗斯颠沛流离的生活中获得的对俄罗斯人的理解，他似乎是一个可以自如穿行在西方和俄罗斯之间的人，然而，在约瑟夫内心深处，他似乎更认同自己的欧洲人身份，这也构成了主人公命运之外的另一个悖论。小说展示了约瑟夫这个西方人如何看待俄罗斯的不同方面，比如苏联政体、领导人和制度，比如俄罗斯人的生活习俗和日常行为，比如俄语和俄罗斯文学——在他的笔记、信件和审讯词中，这些内容得到了尤为充分的展示。

前不久在国内某网站上热播了一部名为《我是如何成为俄罗斯人的》（又名《战斗民族养成记》）的喜剧，在各种毫不吝啬的自嘲中，当代俄罗斯人的形象变成了一幅幅令人忍俊不禁的漫画，可爱而又调皮，无形中加深了人们对这个民族的好感。《一个欧洲人的悖论》远没有这么轻松，作者还原的20世纪上半叶俄罗斯的生活画面和时代氛围，透过约瑟夫的个人命运，充满了悲剧和荒诞意味，让人唏嘘感慨。这虽然是风格、调性不同的两类作品，但它们又有着内部逻辑的一致，即俄罗斯人不怕揭开疮疤，不怕回顾历史及其中包含的一切"好"与"坏"、"合理"与"悖论"。很难说这部作品是否回答了什么是俄罗斯人的终极询问，或许这个问题最终是没有答案的，但正如一位俄罗斯哲人所说，忘却历史就意味着背叛，记录则意味着自省、反思和坦诚。就此意义而言，这部小说获得了它特有的意义。

这部篇幅不长的小说发表在俄罗斯著名文学杂志《十月》2013年8月号和11月号上，发表之后并未引起什么轰动的社会效应和读者热捧，文学评论界的反响也不是那么热烈，但这并不证明它是一部平庸的作品；小说的作者克里蒙托维奇也一样，一直未挣得响亮的声名，但依然是一位颇有天分的作家。俄罗斯文学评论家巴辛斯基说："他是苏联时期成长起来的作家，带有那个年代才有的心理和世界观'胎记'。"而发表其作品的《十月》杂志主编巴尔梅托娃女士则认为："克里蒙托维奇是一位优秀的作家，但很遗憾，他一直没有得到评论家和读者的充分认知。"

尼古拉·克里蒙托维奇（Николай Климонтович）1951 年出生于莫斯科一个知识分子家庭，父亲是莫斯科大学数学系教授。受家庭影响，他少年时代一直热爱自然科学，立志从事物理学研究，后进入莫斯科大学物理系学习。1977 年，他在小说创作方面的天分崭露头角，出版了小说集《从前的岸》（"Ранние берега"）。20 世纪 80 年代，克里蒙托维奇的一些作品发表在国外侨民圈出版物，如《射手座》和《А—Z》等杂志上。他的长篇小说《大路通罗马》（"Дорога в Рим"，1994）、《最后一份报纸》（"Последняя газета"，1999）、《阿尔巴特大街的终结》（"Конец Арбата"，2001）、《演讲》（"Спич"，2011）等最为读者所熟悉。此外，他对戏剧亦有所涉足，其剧作《没有镜子》（"Без зеркал"）让著名演员奥尔加·雅科夫列娃胜利回归离开多年的话剧舞台，引起观众热烈的反响。写作并上演于 80 年代末 90 年代初的两部戏剧——《女疯子》（"Бесноватая"）、《卡拉马佐夫一家和地狱》（"Карамазовы и ад"）则是解读和理解陀思妥耶夫斯基的重要作品。90 年代，克里蒙托维奇在俄罗斯发行量较大的《生意人报》和《独立报》做专栏作家，他对日常生活的敏感和细腻描写总能激起读者的共鸣，他甚至一度被称作"杰出的生活观察家"，他的专栏是报纸上最受欢迎的版面之一。

克里蒙托维奇的作品有独特的情节和机智的幽默。文学评论家涅姆泽尔在谈及他的长篇小说《大路通罗马》时说："对朴直的人而言，他的作品就像奶油草莓；对骄傲的人而言，则像神话和文化的结合。对有的人而言是半醉的思乡泪，对有的人而言则是大笑（书中确实有很多可笑的场景）。可以把小说改编成一部欢快的电影（轻微的情色片），也可以用它来做一篇学年论文（研究作家的情节游戏，这既简单又有趣）。《大路通罗马》是一部精心设计的畅销作品。"还有评论家认为："这部小说发表于 1994 年这个或多或少有些清教徒色彩的时代，本有可能是一颗情色炸弹，却变成了一颗艺术炸弹，无可挑剔的文学性远胜于一位苏联公子哥的冒险奇遇带来的刺激感。"

在小说《最后一份报纸》中，他则更加大胆。在他描写的报社日常生活中，很多人看到了自己的影子。巴辛斯基说："作者以鹰一般的超自然洞察力描写了七八十年代浪荡派知识分子的日常琐事，但语调真切，让人信服，读者感到熟悉得脊背发麻。"他的作品显然都有自传色彩，评论者认为，这是作者为在任何情境下都能获得精神上的超脱所做的努力，他要做自己作品的主人公，不是扯下并丢掉生活中的某些篇章，而是颤抖着把它们记录下来，获得创作上的快感。

今年暑期，刚刚结束这部小说的翻译后，我在莫斯科有机会和《十月》杂志主编巴尔梅托娃女士聊起这本书和它的作者。她说，克里蒙托维奇是一个非常有魅力的男人，他的个性魅力几乎要遮住他作为一名作家的天分。她开玩笑地说，每个女性都会对他一见钟情的。克里蒙托维奇在 2015 年 6 月，也就是我拿到此书书稿着手进行翻译的半年前去世了。很遗憾，我没能亲眼见到这位据说穿戴考究、风度翩翩的作家，也没能把翻译过程中遇到的问题拿去跟他请教。不过，翻译他的文字，逐句揣摩他的作品，却是一种更高层次的相识和对话，从这个角度来说，我应该感到宽慰。我想，作家也会为他的作品能够在遥远的东方与众多的读者首次相遇而开心。

由于时间紧迫，我和我的学生合作翻译了这部作品，胡颖负责本书前两部的翻译，而我负责其余部分及全文通校。我从胡颖大一时开始教他们班的俄语精读课，几年过去，她从一个对俄语一无所知的女孩成长为一个有着很高文学悟性和很强语言表达能力的研究生，这对老师而言是莫大的欣慰，也是最好的回馈。我们师生联手翻译，是一次愉快的合作，似乎也是一种完成知识传递的仪式，而我们也从师徒变成了文学的同道、翻译的同行。

感谢责编李文的辛苦工作，更要感谢中国人民大学出版社刘叶华、王琬莹二位编辑的信任，正是由于她们的努力，我们翻译的小说才能逃脱永远存放在电脑中的"噩运"，顺利开始它在中国的"旅行"，希望它能与懂它的读者相遇，成为一个能让我们加深理解俄罗斯和俄罗斯人的文学平台。

陈方

2016 岁末

京郊近山居

本书为中国国家新闻出版广电总局和俄罗斯出版与大众传媒署批准的《中俄文学互译出版项目·俄罗斯文库》。由中国文字著作权协会和俄罗斯翻译学院负责组织实施。

图书在版编目（CIP）数据

一个欧洲人的悖论/（俄罗斯）尼·克里蒙托维奇著；陈方，胡颖译. —北京：中国人民大学出版社，2018.8
（俄罗斯文库）
ISBN 978-7-300-24052-7

Ⅰ．①一… Ⅱ．①尼…②陈…③胡… Ⅲ．①长篇小说-俄罗斯-现代 Ⅳ．①I512.45

中国版本图书馆 CIP 数据核字（2017）第 035102 号

中俄文学互译出版项目·俄罗斯文库
一个欧洲人的悖论
[俄] 尼古拉·克里蒙托维奇（Николай Климонтович）　　著
陈 方 胡 颖 译
Yi Ge Ouzhou Ren de Beilun

出版发行	中国人民大学出版社		
社　　址	北京中关村大街31号	邮政编码	100080
电　　话	010－62511242（总编室）	010－62511770（质管部）	
	010－82501766（邮购部）	010－62514148（门市部）	
	010－62515195（发行公司）	010－62515275（盗版举报）	
网　　址	http://www.crup.com.cn		
	http://www.ttrnet.com（人大教研网）		
经　　销	新华书店		
印　　刷	北京联兴盛业印刷股份有限公司		
规　　格	148 mm×210 mm　32 开本	版　次	2018 年 8 月第 1 版
印　　张	7.375 插页2	印　次	2018 年 8 月第 1 次印刷
字　　数	149 000	定　价	38.00 元